Indrikis Harold Martinson

Weil ich es wollte!

Neue Auflage

**Sklavin ihrer Gefühle ist die,
die sich für frei hält, ohne es zu sein.**

(Frei nach Goethe)

Indrikis Harold Martinson

www.martinson-info.de

Weil ich es wollte!

Roman

Als E-Book im Handel

Weitere Titel des Autors, auch im internationalen Vertrieb:

Mein Tanger – Mein Marokko
Zimt auf deiner Haut (auch als E-Book)
Doppelspiele
Fünf Monate
Sonne und Schatten (auch als E-Book)

4. Auflage
© 2013 Indrikis Harold Martinson

Alle Rechte vorbehalten. Kein Teil des Werkes darf durch Fotografie, Mikrofilm, Scanning oder sonstiges Verfahren ohne schriftliche Genehmigung des Autors weder reproduziert noch unter Verwendung elektronischer Systeme verarbeitet, vervielfältigt, verbreitet oder sonst genutzt werden.

Herstellung und Verlag:
Books on Demand GmbH, Norderstedt

ISBN-13: 978-3-732-23339-7

Weil ich es wollte!

Roman

Der Autor

Indrikis Harold Martinson lebte in Afrika und in Europa. Nach dem französischen Abitur in Marokko studierte er Rechtswissenschaften in Deutschland. Martinson entwickelte sich zu einem Individualisten, aber auch zu einem jungen Mann mit ausgeprägtem Sinn und Verständnis für menschliche Stärken und Schwächen. Während seiner Jugend, seiner volljuristischen Ausbildung und seiner Kompetenzerweiterung an der Grande Ecole ENA in Frankreich gewann er eine facettenreiche Persönlichkeit, die ihm half, im Beruf aufzugehen und ein Leben in verantwortlicher Stellung zu führen.

Durch seine auf zwei Kontinenten gesammelten Erfahrungen lernte er, unterschiedlichste Menschen mit unterschiedlichsten Mentalitäten und Neigungen zu verstehen. Er liebt sachliche Kontroversen, aber auch Harmonie im Gespräch. Er spricht Dinge an, die mancher lieber verschweigt.

Mit seinen Büchern will er die Leserinnen und Leser sensibilisieren und zum Nachdenken und zur Recherche animieren, so auch mit diesem Buch.

1. Teil

Dieser neue Tag war der Anfang vom Ende. Die Sonne schien durch das Fenster direkt auf ihr Gesicht. Sie wachte auf und blickte auf die Uhr. Es war Sonntag, und die neunte Stunde hatte gerade geschlagen. Jeden Sonntag um Punkt neun Uhr stand Laura auf, um sich etwa eine Stunde später bis zum frühen Abend in der Klinik aufzuhalten. In ihrem Dienstzimmer erledigte sie den liegengebliebenen Papierkram der vergangenen Woche und begann mit den schriftlichen Vorbereitungen für die kommenden fünf Arbeitstage. Vor einem Jahr wurde sie Oberärztin in der kardiologischen Klinik und hielt seitdem diese Sonntagsprozedur ein. Sie hatte diese Stelle nicht allzu schwer erhalten: sie war siebzehn, als sie ihr Abitur mit einem Durchschnitt von 1,1 ablegte; ihre medizinischen Examina, die sie mit „Sehr gut" abgeschlossen hatte, sowie ihre mit „summa cum laude" bewertete Promotion öffneten ihr nahezu alle Türen. Ihr Vater verstarb am Tage ihrer Abiturfeier an Herzversagen, und damals schwor sie sich, Kardiologin zu werden.

Laura hatte im Badezimmer ein kleines Radio, das ihrem Vater gehört hatte und das für ihn eine zeremonielle Bedeutung besaß. An jedem Wochenende setzte er sich - wann immer möglich - in seinen Ohrensessel und schaltete den alten Empfänger ein, um seine „heiligen" Sportnachrichten zu hören, insbesondere die Übertragungen von Fußballspielen. Laura suchte im Radio nach einem französischen Sender. Französisch war ihr Steckenpferd. Sie liebte diese Sprache, und ihr Ziel, Französisch perfekt zu beherrschen, hatte sie in wenigen Jahren erreicht. Sie duschte sich, etwas länger als sonst. Das rieselnde Wasser entspannte sie. Wenn sie sich beim Abtrocknen nackt im Spiegel betrachtete, war sie mit sich zufrieden, obwohl sie dem Sport seit längerem den Rücken zugekehrt hatte. Die mangelnde Bewegung hatte keine Spuren an ihrem schlanken und schönen Körper hinterlassen. Sie schlüpfte in eine enge schwarze Hose und zog sich ein gleichfarbiges Hemd an. Sie hasste mittlerweile weiße Kleidungsstücke, die sie immer an Mediziner oder Krankenhäuser erinnerten. Um ihre schmale Taille band sie einen auffällig lilafarbigen breiten Schal. Das mit Nüssen, Obst und Haferflocken angereicherte Müsli war schnell angerichtet und musste – wie jeden Sonntag – bis zum Abend ausreichen. Die Badezimmertür stand immer offen, so dass sie auch vom Wohnzimmer oder von der Küche aus der Musik und den Nachrichten im Radio lauschen konnte. Als sie das Gerät ausschaltete, vernahm sie die letzten Worte des Nachrichtensprechers: *noch ein Krankenhausskandal.* Auf dem Weg zu ihrem gelben Stadtflitzer ging ihr das Nachrichten-Thema nicht mehr aus dem Sinn. Sie fuhr auf den für Ärzte reservierten Parkplatz vor dem Verwaltungskomplex, in dem auch die Ärztezimmer untergebracht waren. Als sie an der offen stehenden Zimmertür ihres Chefarztes vorbeikam, hörte sie seine sonore, unverkennbare Stimme. Es war nicht ungewöhnlich, dass auch er am Sonntag zwei oder drei Stunden im Büro verbrachte. Er saß in seinem Ledersessel, den Rücken zur Tür und schaute aus dem Fenster, den Telefonhörer am Ohr. Der kleine Teufel der Neugier nagte an Lauras Entscheidung, weiterzugehen. Sie zögerte nur ein paar Sekunden, bis sie ihren Weg fortsetzte. Sie konnte mit dem, was ihr Chef in den Telefonhörer sagte, nichts anfangen. Dennoch fragte sie sich, was er denn mit „dem Qualitätsunterschied, der ohnehin nicht erkannt werden könnte", meinte.

Kaum saß sie auf ihrem Stuhl, arbeitete sie konzentriert und vernahm wenig später nicht das leise Klopfen an ihrer Tür. Die Tür ging auf und ihr Chef kam hinein, mit breitem Mund, was offenbar ein Lächeln andeuten sollte. Sie erschrak, denn der Chefarzt der Klinik für Kardiologie und Nephrologie war ein unangenehmer Mensch. Eine Zeitung beschrieb ihn als „den zur Zeit kompetentesten Arzt für Herz- und Nierentransplantationen in Europa". Stets strotzend vor Selbstbewusstsein und besserwisserisch ließ er keine andere Meinung als seine eigene zu. Er „regierte" seine Klinik wie ein Despot und verhielt sich wie ein gefühlsloser, geldgieriger Manager, dem es ausschließlich um die wirtschaftliche Prosperität des von ihm geführten Unternehmens ging. Er gönnte sich keinen Urlaub und unterschrieb nur widerwillig die Urlaubsanträge seiner Mitarbeiter. Als Zeichen seines Standes wies er eine Luxuslimousine und eine große Altbauvilla vor, die er allein bewohnte. Er war drei Mal verheiratet gewesen, doch hielten die Ehen nie lange.

»Frau Quandt, wie sehr freue ich mich, Sie gerade jetzt anzutreffen. Ich habe eine Bitte, ja große Bitte an Sie.« Sein freundlicher Ton verblüffte Laura. »Ich muss noch heute Nachmittag nach Paris fliegen und werde mich dort bis einschließlich Dienstag aufhalten. Sie wissen ja, dass ich ungefähr alle zwei Monate in Paris bin. Für den kommenden Dienstag hatte ich schon eine komplizierte OP terminiert und möchte Sie deshalb bitten, diese verantwortlich zu übernehmen. Kollege Leupold wird Ihnen assistieren. Ich habe den OP-Plan in der Annahme Ihrer positiven Antwort schon geändert und

Leupold eine entsprechende E-Mail geschickt. Sie können sich die Unterlagen morgen geben lassen und die Details mit Leupold besprechen. Ihren eigenen OP-Termin am Dienstag bitte ich zu verschieben. Den Verwaltungskram lassen Sie dann mal liegen. Sie sind doch einverstanden, oder?«

Er wusste, dass seine Oberärztin nach diesem langen Monolog es nicht wagen würde, die vom ihm aufdrängte OP abzulehnen. Kaum hatte Laura zugestimmt, war die Unterredung beendet. Sie sah ihren Chef hinausgehen und spürte ihre zunehmende Abneigung diesem widerwärtigen Menschen gegenüber. Andererseits freute sie sich, endlich den Chefarzt offiziell vertreten zu können. Ihr berufliches Ziel war, die Leitung einer Abteilung zu übernehmen. Sie wusste von anderen Kollegen, dass bei einer Bewerbung die Vertretung des Chefarztes immer ein Atout bei Vorstellungsgesprächen war. Sie hatte insgeheim lange auf eine solche Gelegenheit gewartet und überlegte, wie sie denn diesen Fakt auch aktenkundig machen konnte. Sie entschied sich, ein Schreiben mit ihrem Briefkopf an die Verwaltung zu schicken und ihre Chefarzt-Vertretung anzuzeigen. Sie schloss ihre Arbeiten ab und fuhr zum Stadtpark. Während ihres ausgiebigen Spaziergangs - sie ließ sich von nichts ablenken - durchlief sie alle OP-Vorkehrungen bis in die kleinsten Einzelheiten. Ihr war klar, dass nichts schief gehen durfte. Sie entschied, sich gleich mit dem Fall zu befassen und fuhr zur Klinik zurück. Im Ärztezimmer der Station nahm sie die Patientenakte an sich und studierte sie. Nach kurzer Zeit wusste Laura, dass sie dieser schwierigen Operation gewachsen war.

Als sie wieder in ihrem Auto saß, schüttelte sie alle OP-Gedanken von sich. Mit Freude dachte sie an den von ihr bereits zubereiteten Kochfisch mit frischen französischen Kartoffeln. Sie freute sich auf den Chablis, den sie von ihrem Kollegen Kat „einfach nur so" erhalten hatte. Nach dem sukkulenten Essen ging sie auf die auf dem Büffet aufgestellte Bildergalerie ihrer Familienangehörigen zu und nahm das Bild ihrer Eltern an deren Hochzeitstag in die Hände. Sie setzte sich und strich liebevoll über die Gesichter ihrer Eltern. Sie erinnerte sich an die ergreifende Grabrede des Pastors anlässlich der Beerdigung ihres Vaters. Sie wollte damals nicht wahrhaben, dass ihr „Vati" in dem Sarg dort unten auf dem Grabboden lag. Vor dem Grab stehend erinnerte sie sich an die schönen Momente mit ihrem Vater, so insbesondere an seinen Stolz, wenn er sonntags in die Kirche ging, seine Frau an der einen, seine hübsche Tochter an der anderen Seite. Sie schmunzelte bei dem Gedanken, dass es auch ein wenig die diskrete Eitelkeit ihres Vaters war, sich in Begleitung seiner ebenfalls gutaussehenden Frau und seiner Tochter sehen zu lassen. Ihr Vater arbeitete so viel und so lange er konnte, um seiner Familie die größtmögliche Teilhabe an den schönen Dingen des Lebens zu ermöglichen, auch wenn diese immer am untersten Level des Möglichen lagen. Ihre Familie war arm, aber nicht arm im Herzen und im Geiste. Sie erinnerte sich an die vielen Male, als ihr Vater sie auf seine Knie setzte und ihr Geschichten erzählte, von den Erlebnissen eines hübschen jungen Mädchens, das nicht wusste, dass es eine Prinzessin werden würde. Am Ende einer jeden Geschichte nahmen sich beide in die Arme und drückten sich innig. Oft hatte sie Tränen in seinen Augen gesehen, auch wenn er versuchte, sein Gesicht vor ihr zu verbergen. Sie erinnerte sich an die kleinen Lebensweisheiten, die ihr Vater fast täglich von sich gab. Vieles davon hatte sie behalten und sich oft daran orientiert. Als ihre Leistungen in der Schule mal ein wenig nachließen, offenbarte sie sich ihrem Vater. Er war ein weiser Mann, sehr weise. Er wusste, wie er seine Tochter motivieren konnte. In solchen und ähnlichen Situationen sprach er stets ruhig und sanft auf sie ein und hielt dabei ihre Hand fest umklammert. Als Letztes gab er ihr immer eine in die Zukunft gerichtete Erkenntnis aus seiner reichen Lebenserfahrung mit.

»Laurinchen«, so nannte er sie oft, »wenn du mal nicht weiter weißt, dann ziehe dich zunächst zurück und überlege dir die nächsten Schritte. Und wenn dir mal das Wasser bis zum Halse steht, dann senke nicht den Kopf. Du würdest ertrinken. Das Wasser zieht auch wieder ab!«

Das Wasser hatte Laura bis zum Halse gestanden, als ihr Vater verstarb. Ihre Mutter musste mit einer äußerst kleinen Witwenrente und sie mit einer kläglichen Waisenrente auskommen. Zwar hatte die staatliche Studienhilfe dazu beitragen, dass sie ein bescheidenes Leben führen konnte, doch das emsige und strebsame Studieren erlaubte ihr nicht, in den Semesterferien einen Job anzunehmen, um sich finanziell ein wenig Spielraum zu verschaffen. Stattdessen wiederholte sie den vermittelten Stoff und arbeitete Themen vor. Ihr Motto lautete, kein Semester länger als nötig zu studieren und jede Prüfung zu bestehen. Sie stellte aber sehr schnell fest, dass sie sich bei diesem Lebenswandel immer mehr und mehr isolierte und misanthropische Züge annahm. Sie hatte sie in den ersten Monaten ihres

Studiums jede Verabredung zu einem Kino-, Disco- oder Restaurantbesuch ausgeschlagen, den Gedanken einer Städtereise erst gar nicht aufkommen lassen, den Kauf von Kleidung zurückgestellt. Bald bekam sie Angst, sozial so sehr auf ein Nebengleis zu geraten, dass auch ihre Psyche Schaden nehmen könnte. Sie musste irgendwie handeln, etwas verändern, eine Lösung finden, um ihrer Not zu begegnen. Ihr kam beim Nachdenken das Sujet ihrer letzten französischen Arbeit über einen Ausspruch in einer Fabel von La Fontaine wieder ins Bewusstsein: „Hilf mir nur erst aus meinen Nöten. Die Rede kannst du nachher halten". Sie hatte das so verstanden, als es primäres Ziel sei, die Notsituation zu lösen, aus ihr herauszukommen und alles andere hinten an zu stellen. Sie überlegte, wie sie sich aus ihrer misslichen Situation herauswinden könnte, ohne Zeit für ihr intensives Studium zu verlieren. Der Zufall kam ihr zur Hilfe. In einer großen Sonntagszeitung las sie eine Anzeige, die ihr Interesse weckte. Sie rief unter der aufgeführten Telefonnummer an und vereinbarte einen Termin.

»Bitte nehmen Sie doch Platz«, sagte die Dame höflich und einladend. Laura setzte sich und bewunderte die elegant gekleidete und attraktive Gastgeberin. Alles in dem Raum in der altdeutschen Villa war gepflegt und stand nach Lauras Geschmack am richtigen Platz. Das Gespräch dauerte fast zwei Stunden. »Laura, nun habe ich Ihnen das Arbeitsumfeld und die Bedingungen ausführlich erläutert. Ich kann für mich feststellen, dass Sie zu uns passen. Ich hätte nur noch eine Frage, eine in Ihren Augen vielleicht etwas provokante Frage. Darf ich Ihnen diese Frage stellen?«

»Ja, bitte!«
»Es ist nicht auszuschließen, dass Ihre innere Stimme Ihnen vorwirft, Sie würden sich prostituieren. Wie würden Sie darauf reagieren?«
»Ich habe lange nachgedacht, bevor ich mich entschieden habe, diesen Weg zu gehen. Ich habe sehr lange nachgedacht und Ihren exklusiven Escort-Service ausgewählt, weil ich mich eben nicht hierbei prostituieren muss. Ich kann sehr viel Geld verdienen, allein dadurch, dass ich wenige Stunden an einem ganz bestimmten Tag mit einem Herrn in einem angenehmen und luxuriösen Ambiente verbringe. Ich kann mir den Herrn aus den vielen Anfragen Ihrer Kunden aussuchen und entscheiden, ob ich den Auftrag annehmen will, oder nicht. Ich entscheide also allein, ob und mit welchem Herrn ich die wenigen Stunden verbringe. Maßgeblich ist hier doch eins: Nicht er entscheidet, sondern ich! Sie mögen diese Aussage ein wenig naiv finden, aber ist es nicht so? Und als Nebeneffekt genieße ich ein luxuriöses Umfeld, mache meine Erfahrungen und kann letztlich mein Leben so gestalten, wie ich es möchte.«
»Ich freue mich, dass Sie das auch so sehen. Aber in Ihrer Argumentation fehlt noch der Fakt, dass Sie bezahlt werden.«
»Ich werde bezahlt, um mit einem Mann ein paar Stunden oder einen ganzen Tag zu verbringen. Ist das verwerflich? Nein, sicherlich nicht! Ist allein der Fakt, dass ich womöglich mit diesem Mann auch ins Bett gehe, verwerflich? Bezahlt werde ich dafür, dass ich einige Zeit mit dem Mann verbringe, und nicht allein für den Sex. Ich habe kein Problem damit!«
Laura hatte sich bis zu ihrer ersten beruflichen Anstellung eine finanzielle Rettungsinsel geschaffen.

Es war ein verregneter, noch dunkler Montagmorgen, wie viele andere auch. Kaum hatte Laura ihr Dienstzimmer betreten, hechtete die Chefarzt-Sekretärin auf sie zu und legte ihr eine prall gefüllte Unterschriftsmappe auf den Schreibtisch. Sie bat, alle Vorgänge zu unterschreiben, da diese zur Post gegeben werden müssten. Die Sekretärin kündigte an, die Mappe am späten Nachmittag abholen zu wollen. Laura setze an, etwas zu erwidern, aber die Sekretärin ließ es nicht dazu kommen: »Ich habe nicht die Zeit, Ihnen hier Rede und Antwort zu stehen. Meine eigene Arbeit würde liegen bleiben, Frau Dr. Quandt. Die vielen Rechnungen an Privatversicherte müssen heute noch raus. Also, was raus muss, wird raus gehen! Bitte leisten Sie nach Ihrer Tätigkeit im OP nur die Unterschriften, mehr müssen Sie nicht tun!«, sprach es und verließ das Zimmer. Laura war nicht überrascht ob des Tones der Sekretärin, die insbesondere der ärztlichen Belegschaft - auch in Anwesenheit des Chefarztes - stets schnippisch entgegen trat.

Leupold war ein erfahrener Kardiologe und fähiger Chirurg, der auf seine Beförderung zum Oberarzt wartete. Laura suchte ihn auf und besprach mit ihm den für den kommenden Tag angesetzten Eingriff. Sie hielten fest, wer was wann machen wird und waren sich schnell einig. Sodann besprachen sie den Verlauf der OP in allen Einzelheiten.
»Laura, erlauben Sie mir noch eine Frage?«
»Aber bitte doch!«
»Sie sind eine so attraktive und schöne Frau, was machen Sie denn jeden Sonntag hier? Der Wachmann hat mir zufällig erzählt, dass sie regelmäßig den Sonntag hier verbringen. Sie haben doch bestimmt ein ausgefülltes Wochenend-Programm, vie-

le Freunde und einen ganzen Schwarm an Männern, die um ihre Gunst buhlen, oder?«, ereiferte sich Leupold. »Lieber Kollege, um mich brauchen Sie sich keine Sorgen machen. Ich widme mich jetzt ganz meinem beruflichen Ziel, und was das ist, können Sie sicherlich erahnen. Und wenn ich das Ziel erreicht habe, werde ich auch wieder mehr an mich und mein Privatleben denken. Wir sehen uns morgen im OP«, antwortete sie barsch, um keine Diskussion über ihren Zeitvertreib entstehen zu lassen. Sie verließ Leupolds Dienstzimmer etwas verärgert.

Am späten Nachmittag stürzte die Sekretärin erneut in Lauras Zimmer, nahm die von Laura in den Ausgangskorb gelegte „Vormittags"-Mappe an sich, knallte eine neue Unterschrifts- und eine Vorgangsmappe auf den Tisch und kündigte an, in einer Stunde wiederzukommen. Laura erwiderte nichts, denn so viel hatte sie schon mitbekommen: Zwischen dem Chefarzt und der Sekretären bestand offenbar ein besonderes Verhältnis. Erst jetzt vermutete sie einen Zusammenhang mit dem aufwendigen Lebensstil der Sekretärin, den diese nicht nur mit ihrem Oberklasse-Cabriolet und der auffälligen Designer-Kleidung ganz offen zeigte. Laura war wieder verärgert. Sie nahm sich die Unterschriftsmappe vor und las interessiert, wie ihr Chef die Eingriffe bei Privatversicherten abrechnete. Sie ging alle Positionen einzeln durch und verstand nun, wie ergiebig privatärztliche Abrechnungen durch einen Chefarzt sind. Sodann nahm sie sich die Unterlagenmappe vor und konnte erstmalig erkennen, in welcher Höhe die Herzklappen mit den gesetzlichen und auch privaten Krankenversicherungen abgerechnet werden. Sie stutzte, denn die

Beträge kamen ihr sehr hoch vor. Sie war mit den Unterlagen so gut wie am Ende und freute sich, den letzten Vorgang vor sich zu haben. Es war eine Rechnung einer Herstellerfirma für Herzklappen. Lauras Aufmerksamkeit richtete sich auf die - im Vergleich zu den Abrechnungsbeträgen mit den Kassen - viel zu niedrigen Verkaufspreise des Herstellers. Sie bemerkte nicht die Sekretärin, die forsch aber auf leisen Sohlen auf sie zukam. Ohne ein Wort zu verlieren, riss die Sekretärin ihr den Vorgang aus den Händen und bemerkte nur kurz und bündig, dass der Chef sich vorbehalten habe, die Korrespondenz mit Zulieferern ausschließlich selbst zu bearbeiten.
Laura war konsterniert über das arrogante, teils aggressive Verhalten der Sekretärin und dachte über den Vorfall nach. Sie argwöhnte Schlimmes. Sie wollte aber einen klaren Kopf bewahren. Deshalb entschied sie sich, die Sache zunächst auf sich beruhen zu lassen und den Chefarzt nach seiner Rückkehr persönlich anzusprechen.

Sie schlief unruhig, träumte viel und wachte ein paar Mal auf. Als der Wecker schrillte, war sie froh, dass die Nacht vorbei war. Eine Stunde später war sie auf dem Weg zur Klinik. Sie beeilte sich, so schnell wie möglich in den OP-Bereich zu gelangen. Sie bereitete sich vor und kontrollierte das Vorhandensein aller Bestecke, die für die OP möglicherweise zum Einsatz kommen könnten. Das war zwar nicht ihre Aufgabe, aber sie hatte gelernt, sich bei lebensgefährlichen Operationen nicht auf andere zu verlassen. Die Narkoseärztin betrat den Saal und grüßte Laura mit einem kaum vernehmbaren „Hallo". Peu à peu kamen die übrigen helfenden Hände hinein. Als alle Vorbereitungen abgeschlossen waren, wurde der Patient in den Vorraum hineingeschoben, mit Leupold an seiner Seite. Leupold hielt eine Hand des Patienten fest und sprach beruhigend auf diesen ein. Dann übernahm die Narkoseärztin den Patienten. Fast vier Stunden später konnte Laura zusammen mit Leupold den OP-Trakt verlassen. Sie warfen sich einen Blick zu, nickten zustimmend und gingen, ohne ein Wort zu sagen, in Richtung Cafeteria. Leupold bestellte zwei Tassen Kaffee, zwei Croissants und eine kleine Flasche Sekt. Sie unterhielten sich über jeden einzelnen Schritt, den sie während der OP gegangen waren. Leupold entging nicht, dass Laura sehr müde war und bot an, den OP-Bericht zu übernehmen. Laura trank den mit Sekt halb gefüllten Kelch mit einem Schluck aus und begab sich in ihr Dienstzimmer. Sie spürte eine wachsende Unruhe, die sie nicht mehr losließ. Ihre Gedanken kreisten wieder um diese erhöhten Abrechnungen. Sie entschied, vor Verlassen der Klinik in der Verwaltung und im Schwesternzimmer alle ihr zugänglichen Unterlagen, die irgendwie im Zusammenhang mit dem von der Klinik verwendeten Material standen, zu sichten. Es war schon spät am Abend, alle Arbeitsplätze in der Verwaltung waren verlassen. Mit ihrem Generalschlüssel hatte sie wenig Mühe, an einige für sie interessante Unterlagen zu kommen. Nach nur einer Stunde hatte sich ihr vager Verdacht erhärtet.

Laura entspannte sich erst, als sie ihre Wohnungstür hinter sich zuschloss und sich auf ihrer bequemen Chaiselongue fallen ließ. In Griffweite standen noch ein Weinglas vom Abend zuvor und die Chablis-Flasche, die sie von Kat geschenkt bekommen hatte. Sie füllte das Glas und prostete gedanklich

Kat zu. Sie fragte sich, was er wohl gerade machen würde? Laura schaltete den Fernseher ein. Die Tagesschau berichtete von einem Skandal in Frankreich. In vielen Krankenhäusern seien dort überhöhte Abrechnungen für Herzklappen und Implantate erfolgt. Die abrechnenden Ärzte sollen so die gesetzlichen und privaten Krankenkassen betrogen und dafür von den Firmen Schmiergelder sowie Sachleistungen im Wert von mehreren Millionen Euro erhalten haben.

Laura war hellwach. Sie schaltete auf einen reinen Nachrichtensender um und lauschte dem Sprecher aufmerksam zu, als dieser über den Ärzteskandal detaillierter berichtete. Sehr schnell reimte sie sich die Zahlen, die sie aus den von der Sekretärin wohl aus Versehen vorgelegten Unterlagen bekommen hatte, zusammen. Sie war entsetzt bei dem Gedanken, dass Machenschaften wie in Frankreich offenbar auch hier in der Klinik stattfanden, und das vor ihren Augen. Sie überlegte, was sie machen sollte, denn unwillkürlich ist sie zur Mitwisserin geworden. Es fiel ihr schwer, den Überblick über das Ganze zu behalten, klare Gedanken zu fassen und ihre Vorgehensweise zu durchdenken. Die Müdigkeit fiel über ihre Erschöpfung her und sie sank in einen tiefen Schlaf. Ihr letzter Gedanke war Kat.

೩ೂ ಅ

2. Teil

Dr. Katsumi Sonoda war eigentlich der „heimliche" Leiter des Instituts für Molekularbiologie. Das Institut war dem Klinikum, in dem Laura wirkte, direkt angeschlossen. Für den hermetisch abgeschirmten biologischen Teil der Forschung hatte das Institut einen umfangreichen Umbau vorgenommen und beschäftigte dort eine ständig wachsende Zahl an kompetenten und erfahrenen Biologen. Kat selbst widmete sich mit einem kleinen Team von acht Experten der Erforschung neuer Krebstherapien. Alle Ärzte und Biologen nannten ihn Kat, aber mit großem Respekt. Er war der einzige im Institut, der dem bekannten Internationalen Wissenschaftsrat angehörte.

Kat war für viele Frauen der „Traummann". Seine ausgeprägte charismatisch-positive Aura war unübersehbar. Auch sein Vater, ehemaliger Botschafter Japans, hatte eine für Japaner außergewöhnliche Körpergröße. Beide hätten ohne Zuhilfenahme einer Stehleiter eine defekte Glühbirne einer Deckenleuchte austauschen können. Sein Vater war ein Bewunderer der Deutschen. Im Rahmen seiner Tätigkeit im japanischen Außenministerium zu Beginn des Zweiten Weltkrieges unterstand ihm die Abteilung „Kontakte zur NSDAP". Er sprach fließend und fast akzentfrei Deutsch und wäre für jeden Historiker in der Auseinandersetzung über das nationalsozialistische Deutschland eine intellektuelle Herausforderung gewesen. Am Ende des Krieges wurde er zunächst nach Frankreich, dann in die marokkanische Hauptstadt Rabat versetzt und lernte dort Kats Mutter kennen. Sie war ebenfalls auffällig groß und schlank und mit ihrer Schönheit ein Hingucker, so sehr betörte sie durch ihr graziles Wesen. Sie besuchte die *Rabat American School* bis zum weltweit anerkannten Reifezeugnis. Als Tochter eines marokkanischen Staatssekretärs hatte sie Kats Vater anlässlich eines Empfangs des marokkanischen Königs Mohammed V Ende der 50er-Jahre kennengelernt. Sie heirateten ein Jahr später in Rabat. Neun Monate später wurde Kat geboren. Bis zu seinem zehnten Lebensjahr lebte er in Rabat und besuchte dort ebenfalls die amerikanische Schule. Dann wurde sein Vater nach Deutschland versetzt. Der Umzug nach Bonn und die erste Zeit der Eingewöhnung verliefen für Kat reibungslos. Er besuchte die Englisch-sprachige internationale Schule, zu der er täglich vom Chauffeur seines Vaters gefahren und wieder abgeholt wurde. Seitdem Kat anfing zu sprechen, achtete sein Vater mit Verbissenheit darauf, dass er Deutsch, Arabisch und die Weltsprache Englisch mit Akribie lernte. Er musste schon als Kind bis zu zwölf Stunden am Tag „büffeln" und stets am späten Abend seine Lernergebnisse dem Vater unter Beweis stellen. Sprachen, so sagte sein Vater, sind das „Sesam öffne Dich" für den beruflichen und gesellschaftlichen Erfolg eines jeden Mannes. Wie bei Japanern üblich, wurde Kat schon im jüngsten Alter von seinem Vater täglich auf Disziplin getrimmt, stets zum Leidwesen seiner Mutter. Für gefühlsbetonte Inhalte hatte der Vater seinem Sohn gegenüber kein Verständnis und auch keine Zeit. Oft intervenierte Kats Mutter und bat ihren Mann, etwas nachgiebiger oder toleranter zu sein. Sie hatte dabei nie Erfolg. Sie spürte Kats Verlangen nach Liebe, nach Zärtlichkeit, nach Berührung. Sie sah für ihren Sohn nur einen Ausweg, auch wenn dieser nur von kurzer Dauer war:

Mehrmals im Jahr besuchte sie mit Kat ihre Familie in Marokko und nutzte diese Gelegenheiten, ihm jegliche mütterliche Zärtlichkeit zukommen zu lassen. Sie bestand auch darauf, dass er während seines Medizin- und Biologie-Studiums mit ihr die Familie in Marokko besuchte. So konnte sie ihn von dem permanenten Drill seines Vaters erlösen, der erst mit Beginn von Kats beruflicher Karriere enden sollte. Die Aufenthalte in Marokko vermittelten ihm Ruhe und Kraft und das Gespür für Sinnlichkeit. Er freundete sich dort beim Sport, am Strand oder in Diskotheken schnell mit Gleichaltrigen an. Er machte seine ersten Liebeserfahrungen und lernte, die bei ihm aufgrund seiner Erziehung vernachlässigten Gefühle stärker als je zuvor wahrzunehmen, zum Ausdruck zu bringen und zu kontrollieren. Er freute sich auf jede Reise nach Marokko, waren sie für ihn doch auch erheiternd: Mit seinem japanischen Aussehen verblüffte er immer wieder, wenn er sich in fließendem und akzentlosem Arabisch mit den Einheimischen unterhielt.

Kats heimliche Liebe war Laura, die die starke Intensität seiner Zuneigung nicht erahnen konnte. Er zeigte sich ihr gegenüber immer sehr zurückhaltend, was nichts anderes war als der Ausdruck seiner strengen Erziehung. Bei den gelegentlichen Zusammenkünften mit ihr in der Cafeteria der Klinik benahm er sich ihr gegenüber höflich unaufdringlich. Er wusste, dass sich eines Tages die passende Gelegenheit bieten würde, ihr seine Gefühle zu offenbaren. Ab und zu half er dennoch dem Zufall oder Schicksal ein wenig nach: Ein gelegentlicher Anruf, natürlich mit rein beruflichem Hintergrund, oder aber im Klinikum, als er ihr eine Flasche Chablis „einfach nur so" schenkte. Er wartete auf den chancenreichen Augenblick, der sich irgendwann bieten würde. Er glaubte an das arabische Sprichwort „Geduld ist der Schlüssel zur Freude".

Kat saß in seinem lichtdurchfluteten Dienstzimmer an seinem Schreibtisch und sprach in sein Diktiergerät, als das Telefon klingelte.

»Hallo, Kat, ich bin's, Laura.«

»Guten Tag, Laura. Ich freue mich, deine Stimme zu hören«, antwortete er, völlig überrascht.

»Kat, ich möchte, nein, ich muss mit dir sprechen. Könntest du heute Abend zu mir nach Hause kommen?«, fragte Laura, hörbar nervös. Kat war verwirrt. Er hatte mit einer jeden Frage gerechnet, nur nicht mit dieser. Sie kannten sich seit nahezu zwei Jahren, nie war es aber zu einem privaten Treffen gekommen. »Bitte, Kat, das ist nicht eine Einladung zu einem Rendezvous. Ich muss mit dir sprechen, über eine berufliche Sache«, fügte sie hinzu, als er irritiert einige Sekunden schwieg.

»Ja, natürlich. Ich komme so um zwanzig Uhr. Ist dir das recht?«

»Danke, Kat! Bis dann«, sagte sie erleichtert.

Laura ging an diesem Abend früher nach Hause. Aus dem Keller holte sie zwei Flaschen Château Mouton-Rothschild. Sie bereitete in der offenen Küche einen Avocado-Salat und eine Käseplatte vor. Sie deckte nicht den Esstisch, sondern einen kleinen runden Bistro-Tisch. Sie wollte Kats Nähe, denn sie fühlte sich elendig. Sie wollte nahe einem Menschen sein, dem sie vertrauen konnte. Und ihr weiblicher Instinkt sagte ihr, dass sie ihm vertrauen konnte. Ihr gingen zwei Gedanken durch den Kopf. Sie dachte an das, was sie in der Klinik entdeckt hatte, und sie dachte an den Verlauf des Gesprächs, das sie in weniger als einer Stunde mit Kat haben wird. Er würde ihr den richtigen Weg aufzeigen, davon war sie überzeugt. Er ging ihr nicht mehr aus dem Sinn. Sie fragte sich, warum. Laura duschte schnell und zog sich ein knielanges, leicht durchsichtiges Kleid an. Ein Blick in den Wandspiegel ließ sie erschrecken. Sie zog das Kleid schnell aus und streifte sich eine hautenge rote Jeans und einen schwarzen Pullover mit sehr tiefem V-Ausschnitt über. Sie ertappte sich dabei, Kat gefallen zu wollen.

Kat klingelte und war entzückt beim Anblick dieser schönen Frau, mit der er nun allein sein würde. Er konnte nicht erkennen, dass sie die gleichen Gedanken hatte. Er reichte ihr einen kleinen Blumenstrauß und küsste ihr die Hand. Sein Lächeln war warm, seine Augen glitzerten erwartungsvoll.

»Kat, ich habe einen kleinen Salat angerichtet und schlage Käse mit einem Tomaten-Baguette und einen guten Tropfen vor. Einverstanden?«

»Ja, sehr gerne, Laura.« Sein Blick fiel auf die zwei Flaschen Rotwein und er stellte fest, dass sie sich in guten Tropfen wohl auskennen musste. Er setzte sich an den gedeckten Bistro-Tisch, nachdem Laura seine Frage, ob er irgendwie behilflich sein könnte, verneint hatte. Als sie sich setzte, berührten sich ihre Beine. Keiner zog seine Beine zurück.

»Kat, ich glaube, dass ich rein zufällig auf eine Sache gestoßen bin, die so ungeheuerlich ist, dass ich sie nicht fassen kann«, sagte sie mit leiser Stimme, so als ob sie befürchtete, abgehört zu werden. »Ich möchte dich nicht in diese Sache hineinziehen, nur brauche ich jemanden, dem ich vertrauen und der mich beraten kann«, fügte sie sofort hinzu. Sie nahm seine Hand und ließ sie nicht mehr los. »Ich habe meinen Chef vertreten müssen und dabei auf Bitten seiner Sekretärin auch seine Korrespondenz erledigt. Ungewollt hat sie mir auch seine Abrechnungen mit den Krankenkassen vorgelegt. Bei den Preisen habe ich festgestellt, dass er Material wie Herzklappen und weitere Implantate nicht nur zu überhöhten Preisen abrechnet. Das Besondere ist, dass er seit Jahren dieses Material zu erheblich ermäßigten Preisen von einer einzigen Firma erhält. Das habe ich in der Verwaltung recherchiert. Meines Erachtens verstößt das wegen fehlender Ausschreibung gegen Vergabevorschriften. Ich denke, hier sind Betrug, Vetternwirtschaft, Begünstigungen und sicher auch Korruption im Spiel.«

»Laura, das ist ja ungeheuerlich, was du mir da erzählst. Hältst du deinen Chef denn wirklich für korrupt und für einen Betrüger? Bevor du so etwas ihm oder anderen gegenüber aussprichst oder gar nur andeutest, muss sich dein Verdacht erhärtet haben. Du brauchst unumstößliche Beweise. Ich glaube, dass ein einziger, aber dafür stichhaltiger Beweis schon ausreichen würde, ihn zu überführen. Du, Laura, oder besser wir müssen jetzt sehr vorsichtig sein. Erste Devise ist, dass du zunächst weder mit ihm noch mit irgendeiner anderen weiteren Person über deinen Verdacht sprichst. Er könnte sonst Unterlagen manipulieren oder gar vernichten, so dass dir die Beschaffung von Beweisen nicht mehr möglich sein wird. Dann stehst du da mit einer Behauptung, die du nicht beweisen kannst. Das wäre das Ende deiner Karriere. Was du also in den nächsten Tagen machen müsstest, und das mit größter Vorsicht, ist das Sammeln von Daten, Daten über den Hersteller, den Lieferanten, die Modellbezeichnungen, die Seriennummern, die Abrechnungen, einfach alles was im Zusammenhang

mit dem in der Klinik verwendeten medizinischen Material steht. Dann will ich gerne mit dir dieses Material auswerten. Aber Laura, wichtig allein ist, dass keiner von deinem Verdacht erfährt. Kannst du mir das versprechen?«
»Kat, ich werde alles notieren und kopieren, was mir in die Hände fällt und meine Vermutung untermauert. Es wird mir natürlich schwer fallen, nicht mit ihm zu sprechen und mich bei meinem Interesse an Unterlagen und Akten gänzlich unauffällig zu verhalten. Ich werde mein schauspielerisches Talent, das in mir schlummert, voll einsetzen, um nicht gleich aufzufallen. Ich bitte dich aber um einen Gefallen. Können wir uns jeden Abend hier bei mir treffen? Ich schließe nicht aus, dass ich irgendwann Angst bekommen könnte, bei dieser verdeckten Aktion. Wenn ich aber weiß, dass du bei mir sein wirst, fühle ich mich sicherer und wir könnten täglich meine Ausbeute bewerten. Was für mich wichtig ist, Kat, ist deine Anwesenheit.«
Kat konnte nicht so schnell die sachlichen von den rein emotionalen Aussagen von Laura trennen. Er musste über ihre letzten Worte nachdenken und merkte, wie sehr er ihrem Wunsch nachkommen wollte. Er fühlte sich Laura hingezogen. Er spürte aber auch, dass er ihr beistehen musste, denn sie hatte bei aller Betroffenheit ihren festen Willen erkennen lassen, der Sache auf den Grund zu gehen. Er konnte sie beruhigen und wechselte langsam das Gesprächsthema. Er lenkte gekonnt ab, indem er sie zu ihrer Jugend und Familie befragte. Laura erzählte viele Geschichten und Anekdoten aus ihrem Leben. Die zweite Flasche Wein war schon über die Hälfte geleert, als er andeutete, gehen zu wollen. Laura ertappte sich bei dem Gedanken, wie schön es wäre, wenn er bleiben würde.

Doch ihre innere Stimme meldete sich warnend: »Du dumme Ziege, einige wenige Glas Wein mehr als sonst und schon tanzen deine Sinne Tango mit dir!«

Auch Kat wollte an diesem ersten Abend mit Laura nicht den Rubikon überschreiten, denn er konnte sich nicht ausmalen, welche möglichen Folgen sein Bleiben haben würde. Er hatte ihre Einladung angenommen, wohlwissend, dass es sich um eine sachliche Unterredung handeln würde. Laura hatte geheimnisvoll geklungen, als sie ihn um sein Kommen bat. Er entschied wie immer, wenn er nicht gleich erkennen konnte, welcher von zwei Wegen der bessere ist: *Ab durch die Mitte!* Er stand auf und nahm Laura in die Arme. Er küsste sie auf die Stirn, hauchte ihr ins Ohr, wie wohl er sich in ihrer Nähe an diesem Abend gefühlt hat und verließ die Wohnung. Er wusste, dass sie über diesen Abschied nachdenken würde. Absichtlich hatte er kein Wort mehr über ihr Problem gesagt, damit sie unbeschwerter ins Bett gehen kann.

Am nächsten Morgen stand Kat wie gewöhnlich um sechs Uhr auf und ging in seinen Keller. Er hatte den Keller schalldicht isoliert und den Raum mit allen Geräten und Waffen ausgerüstet, die er für seine fast täglichen Kampfsportübungen brauchte. Er war Budō-Meister und beherrschte die japanischen Kampfkünste per Exzellenz. Er nutzte die Kampftechniken allein als Methode der Selbstkontrolle, so wie die übertragene Budō-Bedeutung es vorgibt. Sein Vater hatte ihn schon als Kind in die Weisheiten und Künste dieser Techniken eingewiesen und ihn an mehreren Tagen in der Woche trainiert. Als Kat nach einer Stunde fertig war, legte er sich auf eine Pritsche und schloss die Augen. Er

ging die Details, die er von Laura erfahren hatte, Punkt für Punkt durch und erkannte sehr schnell, dass die Angelegenheit heikel und für Laura sehr gefährlich werden könnte. Eine Frage beschäftigte ihn am meisten: Wie würde der Chefarzt, wenn er denn von Lauras Verdächtigungen und Aktionen erfuhr, reagieren und was könnte er dann gegen sie unternehmen, im schlimmsten Fall, um sie mundtot zu machen? Er wusste, dass er etwas unternehmen musste.
Er fuhr ins Institut und begab sich direkt in sein Arbeitszimmer. Er schloss die Tür hinter sich und rief seinen Freund Sven an. Sven hatte in Deutschland und in den Vereinigten Staaten Informations- und Kommunikationstechnologie studiert. Nach seiner Promotion hatte er als Diplom-Ingenieur in einem Datenverarbeitungskonzern eine steile Karriere begonnen und war binnen weniger Jahre bis zum Abteilungsleiter aufgestiegen. Kat und Sven hatten sich an der Universität in der Mensa kennengelernt und trafen sich jeden Sonntag zu ihrem so genannten *Internationalen Frühschoppen*. Diesen Brauch hatten sie bis heute beibehalten, obwohl Sven verheiratet und als Vater zweier Söhne zeitlich sehr gebunden war.
Sie trafen sich wenig später am Rheinufer. Kat erzählte ihm alle Einzelheiten, die Laura und nunmehr auch ihn bewegten. Sven zeigte sich nicht überrascht. Neues, ihm Unbekanntes regte nur sein spannungsgeladenes Interesse an, seine Gier, einen noch nicht greifbaren Sachverhalt völlig erklären zu können. Nach kurzem Nachdenken bot Sven an, zu helfen. Er erläuterte Kat, was er machen werde. Beide waren sich darüber im Klaren, dass Svens Handeln unter Strafe steht.

Schon einen Tag später konnte er Kat mit Hinweisen und Fakten in Erstaunen setzen. Er berichtete, dass vermutlich Lauras Vorgesetzter, der Chefarzt der Kardiologie, Preisnachlässe, die er seitens des Herstellers persönlich erhält, nicht an die Krankenkassen weitergibt. Sven konnte noch keine stichhaltigen Beweise für seine Behauptungen erbringen, aber das, was er auf seinem Bildschirm gelesen hatte, reichte aus, um diese Vermutung zu untermauern. Er bestätigte Lauras Verdacht. Sodann machte Sven eine kurze Pause und sprach mit sonorer Stimme weiter. Er erzählte Kat, was er durch sein Eindringen in das Computersystem des Chefarztes noch für Information gewonnen hatte. Er bat ihn eindringlich Laura zu überzeugen, die Finger von dieser Sache zu lassen und ihre Recherchen sofort einzustellen, ansonsten würde sie es auch mit der organisierten Kriminalität aufnehmen. Kat bedankte sich bei Sven für dessen Engagement. Er entschied, Laura sofort zu warnen und sie inständig zu bitten, die ganze Sache auf sich beruhen zu lassen. Der Name Akim El Abbadi, den Sven mehrmals erwähnte, ging ihm nicht mehr aus dem Kopf. Mit Akim El Abbadi war er ständig zusammen gewesen, während seiner Aufenthalte mit seiner Mutter in Marokko. Bis heute unterhielten sie regen Kontakt, telefonisch wie schriftlich.

3. Teil

Akim El Abbadi hatte Angst. Es waren nicht die möglichen Aktionen von Neidern seiner Vormachtstellung als reichster privater Weinbauer in Marokko, die seine Furcht auslösten. Oft dachte er daran, das Land zu verlassen und sich in Amerika ein kleines Haus mit Garten zu kaufen. Er erkannte, dass seine Zukunft zu ungewiss geworden ist, seitdem er sich in kriminelle Handlungen hat einbinden lassen. Er wollte auch nicht mehr die Verantwortung für seine Schwester Laila tragen, die im Falle eines Falles sicherlich nicht verschont bleiben würde. Sie wusste von allem, wenn auch nur das Nötigste. Er spürte, dass es Zeit war, mit dem zwar lukrativen, dafür aber kriminellen Geschäft aufzuhören. Immer wieder stellte er sich die Frage, wie er von der ganzen Geschichte loskommen könnte, ohne dass „Die" sofort etwas mitbekommen, denn „Die" würden kein Erbarmen zeigen und undifferenziert nur ihre eigenen Interessen durchsetzen. Mit einer Unterstützung oder Hilfe aus irgendeiner anderen Quelle konnte er nicht rechnen: Seine Schwester und er hätten seitens der offiziellen Stellen nicht viel zu erwarten, zumal seine kriminellen Aktivitäten - einmal aufgedeckt - ihn und vermutlich auch Laila letztlich ins Gefängnis bringen würden.

Seine jüngere Schwester war seine größte Sorge. Ihr ereilte das gleiche Schicksal wie ihm: Kurz nach ihrer Geburt verstarb ihre Mutter, wie auch seine Mutter einige Monate nach seiner Geburt. Beide hatten keine konkreten Erinnerungen mehr an ihre Mütter. Der gemeinsame Vater hatte sich nicht um sie gekümmert und das Aufziehen seiner eigenen

Mutter überlassen. Als Kleinstkinder wollten beide von ihrer Großmutter alles über ihre jeweiligen Mütter wissen. Doch mit den wenigen Informationen, die sie selten bekamen, konnten sie sich kein Bild von ihnen machen. Akim fühlte sich als Bruder verantwortlich für seine Schwester, ein Gefühl, das ihm von seiner Großmutter von Anfang an auch eingetrichtert wurde. Heute wusste er, dass sie nur aus Eigennutz gehandelt hatte, um so wenig wie möglich Last mit den Enkelkindern zu haben. Immer wieder unterstrich die alte Frau seine Aufgabe, als Bruder dafür Sorge zu tragen, dass seiner Schwester nichts geschieht. Akim wuchs Jahr für Jahr in diese Aufgabe hinein und ließ Laila nicht aus den Augen, soweit es ging. Beide besuchten dieselbe Schule bis zum Abitur und ließen sich im Weinbau und Kellerwirtschaft in Frankreich ausbilden. Sie unternahmen alles gemeinsam und verbrachten die Freizeit mit denselben Freunden und Freundinnen. Sie ahmten aufmerksam alle neuen Tänze, die sie fast täglich im Fernseher verfolgten, nach und entwickelten sich zu einem eingeübten Tanzpaar. Laila liebte ihren Bruder, so wie Akim seine Schwester. Er liebte es aber nicht, wenn andere Jungs sich um Laila kümmerten und ertappte sich dabei, eifersüchtig zu sein.

Lailas sechzehnter Geburtstag wurde groß gefeiert, bis in die späten Abendstunden wurde getanzt und gelacht. Als Akim mit den letzten Aufräumarbeiten fertig war und zu seinem Schlafzimmer ging, erblickte er im Vorbeigehen Laila, die sich in ihrem Zimmer auszog, um ins Bett zu gehen. Ihre Zimmertür war nicht ganz geschlossen und durch den Spalt sah er sie, nackt. Er erstarrte und konnte für wenige Sekunden seinen Blick von Lailas straffen

Brüsten und prallen Po nicht losreißen. Als er ihre glattrasierte Scham sah, kam in ihm ein Gefühl der Begierde auf, aber auch eine starke Verlegenheit. Dann siegte die Vernunft über seinen nicht nur voyeuristischen Trieb. Im Bad schaute Akim in den großen Spiegel. Er konnte das, was soeben mit ihm passiert war, nicht einordnen. Als Laila ihn am nächsten Morgen zum Frühstück rief, zuckte er zusammen. Er war unsicher und aufgeregt und versuchte, sich auf andere Gedanken zu bringen. Er lächelte Laila verschüchtert an und lenkte seinen Blick auf den Frühstückstisch. Laila sprach die ganze Zeit enthusiastisch über ihre Geburtstagsfeier und bedankte sich nochmals bei Akim für seine Mithilfe. Dabei strich sie ihm über sein lockiges Haar und gab ihm einen Wangenkuss. Sie konnte nicht erahnen, dass sie Akim in Erregung setzte.

Für Akim waren die ersten Tage nach Lailas Geburtstag unerfreulich. Er musste lernen, mit diesem verbotenen Gefühl fertig zu werden. Das ständige Zusammensein mit Laila war für ihn nicht mehr so einfach. Am darauffolgenden Wochenende gingen sie zum Tanzen in die zur Zeit „In-Diskothek". Laila sollte nicht mit fremden Männern tanzen, so hatten sie es vereinbart. Akim und Laila sorgten für Aufmerksamkeit auf der Tanzfläche. Sie bewegten ihre Körper aufeinander abgestimmt, rhythmisch und ausdrucksvoll nach der heißen Musik. Als dann unvermittelt ein Blues ertönte, tanzten Laila und Akim Körper an Körper zusammen. Akim überkam ein Glücksgefühl, das in Wallungen überging. Er zog Laila noch enger an sich heran. Laila ließ ihn gewähren, denn auch sie empfand es als sehr angenehm, seinen muskulösen Körper zu spüren. Nach dem zweiten Blues ratterte aus den Lautsprechern der aktuellste Techno-Hit. Sie konnten mit dieser Musik nichts anfangen und beschlossen, nach Hause zu fahren. Beide waren von ihren Empfindungen irritiert. Die nächsten Tage, Monate und Jahre waren für beide beschwert. Sie fühlten sich gegenseitig hingezogen, aber unterdrückten diese verbotenen Gefühle, die sie sich selbst nicht erklären konnten.

Der Vater bewohnte eine großzügige Dependance auf dem Weingut, die er nicht verlassen konnte. Er litt unter starker Demenz und wurde von Altenpflegerinnen betreut. Akim sah täglich nach ihm, Laila alle vier bis fünf Tage. Da er beide nicht mehr erkannte, hielten sie sich meistens nicht länger als zehn Minuten bei ihm auf.

ஐஓ

4. Teil

In einem kurzen Telefonat hatte Kat Laura gebeten, sich kurzfristig mit ihm zu treffen. Es war spät abends, als er ihre Wohnung betrat. Er war sofort hingerissen, als sie ihm in einem rosaroten enganliegenden Hausanzug die Tür öffnete. Er geriet mit seinen Gedanken und Gefühlen durcheinander, bis ihn der Anlass seines Besuches wieder einholte. In allen Details erzählte er, was er von Sven erfahren hatte. Als er fertig war, wussten beide, dass Laura in einem Wespennest stochern würde, sollte sie die Sache nicht auf sich beruhen lassen.

»Laura, auch wenn dein Chef korrupt und ein Betrüger sein sollte, sich auch mit der Organ-Mafia anzulegen, das ist zu groß für uns. Es ist nicht deine Aufgabe, hier einzuschreiten, auch wenn dein Chef unmittelbar involviert ist.«

»Kat, wie soll ich denn weiterarbeiten können, unter der Regie dieses Mannes? Immer wenn ich ihn sehe, muss ich an seine kriminellen Machenschaften denken. Und wer sagt mir, dass ich mich eines Tages nicht vergesse und ihm sein abscheuliches Verhalten an den Kopf werfe? Dann weiß er, dass ich über Informationen verfüge. Das Gefährliche daran ist, dass er nicht abschätzen kann, wie viel ich weiß. Und das kann sicherlich ganz ungemütlich werden, für mich und vielleicht auch für dich.«

»Da gebe ich dir uneingeschränkt Recht. So wie ich dich einschätze, will ich nicht ausschließen, dass du dich ihm gegenüber in einer Auseinandersetzung vergessen könntest. Bitte entschuldige diese Aussage, aber ich halte die Situation, in der du - und ich jetzt als Mitwisser - hinein geschliddert

sind, für sehr bedrohlich. Wir müssen unsere nächsten Schritte sehr gut überlegen und eine durchdachte Strategie entwickeln. Dabei müssen wir, insbesondere du, Laura, jegliche Gefahr vermeiden. Unser Handeln muss absolut zielorientiert ausgerichtet sein. Ich meine, wir müssten zunächst alle uns zugänglichen Fakten sammeln. Erst wenn diese vorliegen, können wir entscheiden, ob, und wenn ja, an welche Sicherheitsbehörden wir unser Wissen weitergeben. Bist du mit dieser Vorgangsweise einverstanden?«
»Kat, das ist alles richtig. Die Kardinalfrage ist, wie ich oder wir an diese Fakten herankommen? Ich gestehe ein, dass mein Verhalten meinem Chef gegenüber von jetzt an unberechenbar ist. Ich weiß, dass ich in gewissen Situationen ziemlich impulsiv bin. Um das zu vermeiden, müsste ich kurzfristig Urlaub nehmen, was sicherlich kein Problem darstellt, denn wir haben im Moment zwar kompliziere Fälle, aber dafür nur wenige. Der Chef und die Kollegen werden das auch ohne mich schultern. Dann glaube ich, dass es sinnvoll ist, Svens Informationen nachzugehen und sich somit in die Höhle des Löwen zu wagen. So kommen wir schnellsten an Fakten, die verwertbar sind. Ich sollte also nach Marokko fliegen und deinen Freund Akim aufsuchen, um von ihm die nötigen Informationen zu bekommen. Was meinst du, Kat?«
»Ich meine, du solltest die Hände von dieser Sache lassen! Wenn ich dich aber partout nicht davon abbringen kann, dann werde ich dich in jeglicher Hinsicht unterstützen, Laura.« Kat war angespannt. »Willst du das ganze Ding in Marokko alleine meistern oder wäre es nicht vernünftiger, wenn ich dich begleite?«

»Nein, ich sollte erst einmal alleine fahren. Dein Freund Akim und seine Schwester Laila, so heißt sie doch, werden mich sicherlich nett empfangen, wenn du mich vorher als eine sehr gute Freundin ankündigst. So kann ich mich allein auf die Sache konzentrieren. Du, lieber Kat, könntest mich vielleicht ablenken, verstehst du?«, sagte sie und sah ihn mit leuchtenden Augen an.

Kats Stärke war die Vernunft. Er besann sich, dieser Angelegenheit und nicht seinen Gefühlen Laura gegenüber Priorität zu geben. Er hatte sich seit dem für ihn gefühlsmäßig zweideutigen Abendessen bei Laura vorgenommen, irgendwie Klarheit in diese Beziehung zu bringen. Er fragte sich, ob diese Angelegenheit letztlich nur eine Chance ist, gelegentlich mit ihr zusammen sein zu können, oder die weitere Entwicklung zu einer zukunftsträchtigen, von beiden Seiten gewollten Zuneigung oder gar Liebe führt?

»Laura, ich werde gleich morgen früh Kontakt mit Akim aufnehmen und dich ankündigen. Aber eins musst du mir versprechen: ich möchte dich jederzeit erreichen können, so wie du mich. Ständig müssen wir übers Handy Kontakt aufnehmen können. Einverstanden?«

»Natürlich Kat. Nun lass uns essen. Können wir es uns erlauben, eine Flasche Wein zu trinken? Ich habe nämlich Bereitschaftsdienst.«

Kat glaubte, kleine Blitze in ihren schönen Augen gesehen zu haben. Ihr gemeinsames „Chefarzt-Problem" war wie weggewischt. Er freute sich und bot an, ihr in der Küche zu helfen. Sie bereitete eine Käseplatte zu, schnitt mehrere Scheiben von einem Kräuterbaguette ab und holte eine Flasche Rotwein aus dem Küchenregal. Kat stand untätig daneben und verfolgte ihre flinken Finger beim

Herrichten. Als sie ihm den Rücken zuwendete, um die Weinflasche zu öffnen, umarmte er sie von hinten und nahm ihr den Korkenzieher aus der Hand. Er öffnete langsam die Flasche, ohne sie aus seinen Armen zu lassen. Er ließ sich sehr viel Zeit und spürte ihr leichtes Zittern. Kat wusste, dass sie wartete, wartete auf das was kommen möge. Sie war bereit für mehr, und er war bereit für sehr viel mehr. Er drehte sie sanft um und sie küssten sich leidenschaftlich, aber dennoch zärtlich. In dieser Sekunde schrillte Lauras Telefon. Beide zuckten erschrocken zusammen. Sie lächelten sich an, er entließ Laura aus seinen Armen. Als sie den Hörer abnahm und die ersten Worte sprach, wusste er, dass es sich um einen Anruf der Klinik handelte. Ein schlimmer Verkehrsunfall mit annähernd 25 Verletzten forderte die Anwesenheit aller nach dem Alarmplan kontaktierbaren Klinikärzte. Kat rief ein Taxi, fuhr mit Laura bis zur Klinik und dann zu sich.

Die Versorgung der Verletzten dauerte bis in die Morgenstunden. Laura bemühte sich insbesondere um ein junges Mädchen, die schwerstverletzt intensivste ärztliche Hilfe benötigte. Das Mädchen war sehr tapfer und hielt Lauras Hand so fest umklammert, dass eine Krankenschwester die ersten Maßnahmen durchführen musste. Laura spürte, wie in dem Körper des Mädchens das Leben mit dem Tod kämpfte. Sie wollte partout nicht ihre kleine Patientin alleine lassen, zu jeder Zeit da sein, einfach nur da sein und dem Mädchen Lebensmut geben. Laura saß drei Stunden neben ihr. Als sie kurz die Toilette aufsuchen musste, bat sie die Schwester, die andere Hand des Mädchens zu halten. Nur mit Mühe konnte Laura ihre Hand aus dem Klammergriff des

Mädchens ziehen. Als sie wenig später zurückkam, deutete ihr die Krankenschwester mit einer leichten verneinenden Kopfbewegung an, dass das Mädchen es nicht mehr geschafft hat. Laura war innerlich wütend über sich selbst, denn sie hätte das Mädchen nicht verlassen dürfen. Sie beugte sich über den kleinen leblosen Körper und gab dem Mädchen einen Kuss auf die Stirn. Wie ein Blitz durchdrang sie der Gedanke, Gott könnte auch hier die richtige Entscheidung getroffen haben. So musste sie dem nunmehr behinderten Mädchen auch nicht mehr beibringen, dass ihre Eltern den Unfall nicht überlebt hatten.

Laura war müde und enttäuscht. Sie war enttäuscht, dass es ihr nicht gelungen war, das Leben eines ihr anvertrauten Kindes zu retten. Sie grübelte nach dem Sinn ihrer Arzttätigkeit, nach dem Sinn der doch so fortgeschrittenen Medizin und Technik, die aber nicht in der Lage sind, den Kampf des Lebens ums Überleben zum Sieg zu verhelfen. Sie saß nahezu apathisch in der Kantine, vor einem Becher Kaffee, an ihrer Seite die Krankenschwester, schweigend. Lauras Pupillen weiteten sich, als sie die Silhouette ihres Chefs sah, der auf sie zukam.

»Ich habe gehört, was heute Nacht hier los war. Danke für Ihren selbstlosen Einsatz, Frau Kollegin«, sagte er mit einem freundlichen Unterton, was eher selten war. Laura wurde wieder in die Welt der Realität gerissen und nickte zustimmend. Sie wusste, dass sie nun dran war, etwas zu sagen.

»Ich danke Ihnen für die netten Worte, Professor Haferkorn, aber ich habe nur meine Pflicht getan, auch wenn ich wieder einmal 24 Stunden ununterbrochen auf den Beinen gestanden habe. Da wir gerade miteinander sprechen, ich möchte Sie um

einen kleinen Gefallen bitten. Ich bin sehr müde. Auch muss ich Abstand gewinnen, von einigen Sachen, die mich belasten. Ich müsste zwei oder drei Wochen ausspannen. Haben Sie etwas dagegen?«, fragte sie mit einem nicht zu überhörenden bissigen Ton.
»Nein, ganz im Gegenteil. In der Abteilung ist im Moment nicht so viel los. Im Zusammenwirken mit den übrigen Kollegen kann ich die anfallende Arbeit bewältigen. Ich selbst bleibe in den nächsten Tagen sicherlich vor Ort und bin somit voll einsatzbereit. Also Frau Kollegin, kommen Sie zu mir und ich unterschreibe Ihnen den Urlaubsantrag. Passt es Ihnen um vierzehn Uhr?«
»Ich werde da sein, um vierzehn Uhr.« Laura setzte ein kurzes, kaum sichtbares Grinsen auf und ging in ihr Dienstzimmer. Sie rief Kat an und berichtete, was alles in der Nacht geschehen ist. Er ließ sie ausreden. Er wollte, dass sie sich ihre Belastungen von der Seele redet.
»Ich danke dir, dass du so geduldig zugehört hast, Kat. Was ich noch sagen wollte: ich gehe heute zu meinem Chef und lege ihm einen Urlaubsantrag auf den Tisch. Ich habe schon mit ihm darüber gesprochen. Ich denke, dass ich drei volle Wochen nehme. Dann habe ich genug Zeit, der Sache auf den Grund zu gehen. Was meinst du?«
»Genau richtig!« Kat schwieg einen Moment, sammelte seinen ganzen Mut und holte tief Luft. »Laura, ich möchte den heutigen Abend mit dir verbringen. Ist das möglich?«
»Nein, Kat! Auch ich möchte das, nur geht das heute nicht. Ich wäre nicht die, die ich sein möchte, wenn wir ...«. Laura zögerte etwas, um das richtige Wort zu finden.

»Laura, schlafe dich aus und komme wieder zu Kräften. Ich bin da. Rufe mich bitte an, wenn du wieder in Ordnung bist und pass auf dich auf.« Letzteres wollte er gar nicht sagen, denn es klang nach Bevormundung. Er wusste nicht, dass sie an diesem Tage noch einiges durchzumachen hatte. Laura hatte sich in ihrem Dienstzimmer auf die Untersuchungsliege gelegt und gut drei Stunden geschlafen. Sie duschte sich in einem speziell für solche Notfälle eingerichteten Duschraum, ging in die Kantine und bestellte sich vier Espresso. Sie ließ alles in einen Kaffeebecher kippen und trank mit wenigen Schlucken den Becher aus. Dann schlenderte sie in den lichtdurchfluteten Innenhof und atmete mehrmals tief ein und aus. Sie wusste nicht, was sie hätte noch tun können, um gewappnet zu sein für das Gespräch, das sie mit ihrem Chef, nach seiner Unterschrift auf dem Urlaubsantrag, führen wollte. Ihren Verdacht, er würde als Klinikleiter einen Abrechnungsbetrug im großen Stil zu Lasten der Krankenkassen und der Beitragszahler betreiben, wollte sie nicht zur Sprache bringen. Dieses Thema hatte in ihren Augen nicht die Brisanz wie ihre Vermutung, er sei - wo und wie auch immer - an illegalen Organtransplantationen beteiligt. Sie rief sich die wesentlichen Punkte, die Sven durch das hackermäßige Eindringen in das E-Mail-Konto ihres Chefs gewonnen und an Kat weitergegeben hatte, nochmal auf: Paris, Marokko, Organtransport in Thermobox, Organtransplantation, hunderttausend Dollar.

Laura saß ihrem Chef gegenüber und ergriff die Initiative.
»Ich danke Ihnen, dass Sie so schnell und unbürokratisch den Urlaubsantrag unterschrieben haben.

Ich habe aber noch eine Frage. Ein Freund von mir saß am vergangenen Wochenende in derselben Maschine wie Sie, als Sie von Casablanca nach Paris zurückgeflogen sind. Würden Sie mir verraten, was der Anlass dieser Reise war?«, fragte sie etwas fahrig.

»Wie bitte?«, fauchte ihr Chef zurück. »Was fällt Ihnen ein? Sind Sie sich bewusst, mit wem Sie hier reden? Woher will mich denn Ihr Freund kennen?«

»Oh! Er hat Sie auf dem Foto des Klinikteams gesehen, das bei mir im Flur hängt, und im Flugzeug sofort wiedererkannt« flunkerte Laura frech. Sie wusste, dass ihr Chef nie bei ihr zu Hause war und somit nicht wissen konnte, ob sie ein solches Bild tatsächlich besaß.

»Nun gut, das gibt Ihnen aber nicht das Recht zu fragen, was ich in Marokko gemacht habe, Frau Kollegin. Das war eine reine Privatsache« sagte ihr Chef, sichtlich nervös.

»Im Grunde genommen stimme ich Ihnen zu, aber liegt die Sache hier nicht ein wenig anders? Sie hatten eine Thermobox mit der in Großbuchstaben aufgedruckten und somit auffälligen Aufschrift HUMAN ORGAN bei sich. Und das riecht doch eher nach Organtransport statt nach normalem Handgepäck, oder?«, antwortete Laura fordernd. Sie war erleichtert, endlich die Katze aus dem Sack gelassen zu haben.

»Eine solche Annahme mag den Umständen nach zulässig sein. Und Sie sind offenbar überzeugt, dass in der Box ein Organ enthalten war, oder täusche ich mich da?«

»Nein! Mein Freund konnte beobachten, dass Sie mit der Box in der Hand an den Flughäfen privilegiert behandelt wurden, sowohl beim Abflug als auch bei der Ankunft. Also gehe ich davon aus,

dass in der Box ganz offiziell ein Organ war. Mir ist nicht bekannt, dass wir in der Klinik ein Organ transplantiert haben oder demnächst sollen. Ich möchte also wissen, was in der Box war, von wem das Organ stammt und wer das Organ wo und wie transplantiert bekommen sollte oder besser bekommen hat.«
»Liebe Kollegin, nun gehen Sie die Sache mal langsam und besonnen an. Sie wissen doch, dass allein Eurotransplant den Transport von Organen organisiert und durchführt. Und dass ein Chefarzt selbst einen solchen Transport durchführt, das ist doch sicherlich auch denkbar und somit nicht so abwegig, oder?«
»Wollen Sie mich für dumm verkaufen? Ich sehe hier die Rolle eines Chefarztes höchstens in der Entnahme eines Organs, aber nicht als Transporteur. Entweder Sie sagen mir jetzt, was ich wissen will, oder ich muss die Krankenhausleitung und zuständigen Behörden benachrichtigen. Sie waren doch jetzt in Paris und sind erst am Mittwoch wiedergekommen. Sie hatten somit genug Zeit, von Paris aus nach Casablanca und wieder zurück zu fliegen und in Casablanca oder Paris das Organ zu transplantieren. Ich weiß, dass täglich eine Maschine zwischen Paris und Casablanca und andersrum verkehrt. Also?«
Sie spürte, wie es im Kopf ihres Chefs auf Hochtouren arbeitete. Sie ließ ihm Zeit, viel Zeit. Sie wartete. Seine Sekretärin klopfte an die Tür und legte die Unterschriftsmappe - so wie jeden Tag - auf den Aktenbock neben seinem Schreibtisch. Als sie den Raum wieder verließ, hatte sich die Spannung durch diese unverhoffte Unterbrechung etwas gelegt. Lauras Chef ergriff die Offensive. Er fragte sie, ob noch jemand von ihren Annahmen wisse.

Als sie die Frage bejahend beantwortet hatte, mit dem Zusatz, dass sie den Namen nicht preisgeben würde, setzte Lauras Chef erneut an.
»Hören Sie mir genau zu, liebe Kollegin! Sie setzen Ihre Karriere in diesem Klinikum aufs Spiel. Sie verdächtigen mich, irgendwie in einem Organhandel verstrickt zu sein, ohne jeglichen Beweis. Wenn ich wollte, wären Sie in der nächsten Stunde von Ihren Aufgaben suspendiert und würden beim Verlassen dieser Stätte hier Ihre fristlose Kündigung in den Händen halten. Ihre Verdächtigungen sind ungeheuerlich. Aber ich bin bereit, Gnade weilen zu lassen und Ihre exzessiven Unterstellungen zu vergessen. Ich führe Ihr Verhalten auf Müdigkeit und Stress und vielleicht noch andere Dinge zurück. Ich weiß, was Sie in den letzten 36 Stunden geleistet haben und dass der Tod des kleinen Mädchens Sie sehr mitgenommen hat. Also: Treten Sie Ihren Urlaub an, besinnen Sie sich und vergessen Sie diese Unterredung. Dieses Angebot mache ich Ihnen nur ein Mal. Damit ist für mich dieses Gespräch beendet. Ich wünsche Ihnen einen schönen Urlaub. Auf Wiedersehen!«

Laura war durch den Wortschwall ihres Chefs so irritiert, dass sie scheinbar gedankenlos sitzen blieb. In Wirklichkeit wirbelten ihre Gedanken herum wie Sandkörner in einem Sturm. Sie fragte sich, ob nicht die Informationen, die zu ihrem Verdacht geführt haben, allein auf ein Zusammentreffen mehrerer aufklärbarer Umstände zurückzuführen sind. Sie fragte sich, ob ihr Verhalten zu impulsiv gewesen ist und ob sie ihre Existenz aufs Spiel setzt. Sie wusste, dass es ihr sehr schwer fallen wird, in irgendeiner Klinik eine Anstellung zu finden, wenn eine fristlose Kündigung vorausgegangen

ist. Sie wusste, dass sie nun wieder am Zuge war, auch wenn ihr Chef das Gespräch für beendet erklärt hatte.
»Wissen Sie, mein Vater gab mir viele Weisheiten mit auf dem Weg. Eine lautete sinngemäß, man solle sich in einer zunächst nicht ganz überschaubaren Situation zurückziehen und seine nächsten Schritte gut überlegen. Das will ich jetzt tun. Auf Wiedersehen!«
»Spielen Sie nicht mit Ihrer Zukunft. Das kann ganz böse ausgehen!«, zischte der Chefarzt ihr hinterher.
Sie drehte sich beim Verlassen des Raumes nochmal um, sah ihren Chef grinsend an und sagte kein Wort. Sie wollte ihren Chef damit verunsichern.

Sie versuchte den ganzen Abend, Kat telefonisch zu erreichen und hinterließ eine Nachricht auf den Anrufbeantworter. Erst kurz vor Mitternacht meldete sich Kat bei ihr.
»Laura, ich bitte dich um Entschuldigung. Ich konnte dich nicht vorher erreichen. Ich musste stante pede nach London fliegen, und in einem dortigen Labor, das für uns arbeitet, einen großen Schaden verhindern. Ich komme erst in vier Tagen zurück. Wie geht es dir? Was macht unsere Geschichte?«, fragte Kat etwas hastig.
»Kat, es ist beruhigend, deine Stimme zu hören. Du bist offenbar wohl auf, so klingt zumindest deine Stimme, oder?«, fragte sie etwas bekümmert. Sie wusste, dass die Arbeit im Bereich Molekularbiologie oft gefährlich ist. Kat erzählte in kurzen Worten, was in dem Labor passiert war und das zu keiner Zeit die Gefahr einer Kontamination bestanden hatte. Dann bat er Laura, über ihren Tag zu berichten.

»Kat, ich werde die nächste Flugverbindung nach Casablanca buchen und zuallererst deinen guten Freund Akim aufsuchen. Kannst du mir seine Telefonnummer geben? Ich werde mich als deine Freundin vorstellen und meine Ankunft ankündigen. Ich muss Klarheit haben über das, was mein Chef treibt«, sagte Laura.
»Die Idee, Akim anzurufen, ist gut. Wenn du einverstanden bist, schicke ich ihm eine E-Mail mit einem Foto von dir. Dann kann er dich sofort erkennen, wenn er dich vom Flughafen abholt. Denn das wird er sich nicht nehmen lassen. Dazu benötige ich aber eines von dir. Bitte schicke mir eins jetzt gleich, per E-Mail«, erwiderte Kat.
Sie verabredeten, sich täglich zu einer bestimmten Zeit anzurufen. Laura war sehr müde und begegnete Kats Bitte nach einem Foto etwas ungehalten. Kaum hatte sie den Hörer aufgelegt, ärgerte sie sich über ihr Verhalten.

ೞൽ

5. Teil

Akim erkannte Laura sofort. Er wusste von Kat, dass sie fließend Französisch spricht. Er begrüßte sie sehr freundlich und hieß sie in Marokko herzlich willkommen.
»Laura, Sie gestatten doch, dass ich Sie mit Ihrem Vornamen anrede, oder?«
»Aber natürlich, Akim. Das erleichtert doch vieles.«
»Kat hat mir angedeutet, was Sie hier her treibt. Aber lassen Sie uns morgen darüber reden. Sie sind doch einverstanden, dass Sie bei uns wohnen. Meine Schwester Laila und ich würden es Ihnen nicht verzeihen, sollten Sie ein Hotel bevorzugen.«
Als sie durch das große Eisentor, das sich hinter ihnen automatisch schloss, zum im maurischen Stil gebauten Hauptgebäude fuhren, erkannte Laura eine zierliche und sehr hübsche junge Frau in der geöffneten breiten Eingangstür.
»Das ist meine Schwester Laila«, sagte Akim voller Entzückung. Laila ging die Stufen hinunter und auf das Fahrzeug zu. Sie öffnete die Beifahrertür und streckte Laura die Hand hin. Sie zog Laura fast aus dem Auto und begrüßte sie umarmend, als ob sie sich schon lange und gut kannten.
»Hatten Sie einen guten Flug, Laura? Sie haben doch bestimmt etwas Appetit oder sogar Hunger. Ich habe einige kleine Leckereien für uns vorbereitet. Ich freue mich, dass Sie da sind. Das bringt ein wenig Abwechslung in den Alltag. Hoffentlich bleiben Sie etwas länger. Kommen Sie!«, forderte Laila sie auf und gab ihrem Bruder liebevoll einen Kuss auf die Wange.

Die kulinarischen Köstlichkeiten, zusammen mit einer Flasche der besten Weine aus dem eigenen Anbau, verzauberten Laura. Akim und Laila lenkten sie mit den Erzählungen und Anekdoten über ihren Weinanbau ab. Laura war entzückt über ihre Gastgeber. Nach dem Dessert begaben sie sich in einen Raum, der mit holzverkleideten Wänden, langen Sofas und unzähligen bunten Kissen zum Ruhen einlud. Akim öffnete eine zweite Flasche Wein und ließ im Hintergrund den Bolero von Ravel spielen. Laila erhob sich und fing an, ihren Körper im Einklang mit der Musik zu schwingen. Laura fühlte sich pudelwohl und kuschelte sich in die unzähligen Kissen ein. Laila tanzte heißblütig und Akim sah seiner Schwester mit leuchtenden Augen zu. Laura fragte sich, ob sie sich nicht zu Laila gesellen und mittanzen sollte. Das Schrillen des Telefons durchbrach die animierende, gar prickelnde Stimmung. Es war Kat, der sich vergewissern wollte, ob Laura gut angekommen sei. Nachdem sie und Akim mit ihm gesprochen hatten, entschieden sich alle drei, doch schlafen zu gehen. Laila zeigte Laura den Gästebereich, ein immenses Schlafzimmer und eine in überwiegend rötlichen Marmor gehaltene Badelandschaft. Laura war beeindruckt.

Am nächsten frühen Morgen erwartete Laura ein in der Küche aufgebautes erlesenes Frühstücksbüffet. Ihre Gastgeber saßen schon an dem langen Küchentisch und unterhielten sich eifrig aber zugleich respektvoll auf Arabisch.
»Laura, wie haben Sie geschlafen?«, fragte Laila.
»Sehr gut. Ich glaube, ich bin hier im Schlaraffenland gelandet«, antwortet sie.
»Gut!«, sagte Akim. »Dann schlage ich vor, dass wir den ersten Tag als Eingewöhnungstag nutzen

und Sie erst morgen mit dem eigentlichen Anlass Ihrer Reise beginnen. Wir, und damit meine ich auch Sie, Laura, sind heute Gäste bei unserem größten Abnehmer. Sein kleiner Sohn wird heute beschnitten. Und das wird sehr üppig gefeiert.«

Laura hatte sich ein wenig geärgert, denn ihr Gastgeber verfügte einfach, aber charmant über ihre Zeit. Da sie aber etwas von ihm wollte, fügte sie sich. Akim erzählte ihr, dass er mit dem Vater des kleinen Jungen, der beschnitten werden soll, gesprochen habe und dass dieser es als Ehre ansehen würde, wenn sie als erfahrene Kardiologin und Chirurgin an der Beschneidung als solche teilnehmen würde. Laura bemerkte Lailas diskretes, nur Ablehnung anzeigendes Kopfschütteln. Offenbar teilte sie Akims Euphorie nicht. Laura war verwirrt, denn sie wusste nur wenig in puncto Zirkumzision, die Entfernung der Vorhaut bei jungen Knaben. Welche Rolle sollte sie dabei spielen? Was, wenn sie passen müsste, weil sie gänzlich unerfahren ist? Diese Fragen schossen ihr durch ihren Kopf. Sie erinnerte sich daran, dass vor Jahren ein Kollege aus der Urologie sich weigerte, eine Beschneidung bei einem muslimischen Jungen vorzunehmen und dass es deswegen sehr viel Unruhe gab.

»Laura, Sie scheinen sehr in Gedanken zu sein«, sagte Laila. »Kommen Sie, wir müssen los. Wir sollen zusammen mit der Familie zum Krankenhaus fahren.«

Sie erreichten das prunkvoll geschmückte Haus, das inmitten eines parkähnlichen Gartens stand und wurden vom Gastgeber sofort begrüßt. Aus einem übergroßen Zelt tönte arabische Folklore, gespielt von einer zwanzigköpfigen, in weiß gekleideten Musikergruppe. Für Laura ein wenig zu eilig wurden ihr die übrigen Familienmitglieder vorgestellt und dann erst die Hauptperson. Der Junge war nicht älter als ein Jahr, schätzte Laura. Er lachte, denn seine Mutter und seine Großmutter widmeten sich ganz seiner Person. Er trug einen Fes als Kopfschmuck und ein weißes Gewand. Auf ein Zeichen des Gastgebers stiegen alle Anwesenden in zwei bereitstehende große Geländewagen. In wenigen Minuten erreichten sie das naheliegende Krankenhaus. Der Vater, die Mutter und zwei Onkel des Jungen nahmen Laura in ihre Mitte und begaben sich zum OP-Trakt. Sie hörten das ohrenzerreißende und markerschütternde Geschrei mehrere Jungen. Laura sah in das blasse Gesicht des Jungen. Ein Pfleger kam auf die Gruppe zu und führte sie schweigend in einen kleinen OP-Raum. Der Chirurg stellte sich vor und forderte Laura auf, sich an seiner Seite zu stellen. Der Junge wurde auf einen OP-Tisch gelegt, ein Onkel zog ihm das Gewand bis zur Brust hoch und spreizte ihm seine Beine, was unmittelbar ein lautes Weinen des Jungen nach sich zog. Der Vater hielt den Oberkörper des Jungen fest. Der Chirurg erklärte auf Französisch, wie er jetzt vorgehen wird, ließ sich OP-Handschuhe überstreifen und setzte zum ersten Kunstgriff an. Als der Chirurg die Vorhaut zwischen seinen mit Blut verschmierten Fingern hielt, verließ Laura wortlos den OP-Trakt und ging auf Akim und Laila zu. Sie sagte nichts, sie weinte. Laila nahm sie in die Arme und schlenderte mit ihr in den Innengarten. Sie setzten sich auf eine Steinbank, wortlos. Nach einer halben Stunde kam die Mutter mit dem Jungen auf den Armen zu ihnen. Der Junge weinte, aber schrie nicht mehr. Die Mutter sprach zu Laila, ihre Stimme war kaum zu hören. Dann wandte sich Laila wieder Laura zu.

»Laura, der Junge hat ein starkes Schmerzmittel und auch eine Beruhigungstablette bekommen. Wir müssen jetzt zurückfahren, da noch viele Beschneidungen heute durchgeführt werden und das Krankenhaus nicht mit wartenden Menschen überfüllt sein darf.«

»Ich muss über das, was ich gesehen und gehört habe, sprechen. Ich kann das alles so aus reiner Menschlichkeit nicht hinnehmen, auch wenn der Chirurg medizinisch einwandfrei vorgegangen ist. Laila, nur damit Sie verstehen, warum ich so sensibel auf diese Sachen reagiere: In Deutschland ist es strengstens verboten, zum Beispiel Hunden den Schwanz oder die Ohren zu kupieren. Daher ist es für mich nicht vorstellbar, dass man einem jungen Knaben ohne jegliche medizinische Indikation die Vorhaut entfernt«, erwiderte Laura.

»Laura, ich kann Sie gut verstehen. Die Gäste werden langsam eintrudeln, um dieses Ereignis zu feiern. Unter den Gästen werden auch ein Imam und ein Rechtsgelehrter sein. Ich halte es für sinnvoll, dass Sie mit diesen Experten sprechen. Ich werde dabei sein, für alle Fälle. Einverstanden?«, fragte Laila.

»Ist das denn überhaupt möglich, denn ich bin eine Christin und mische mich in den Islam ein, anlässlich einer muslimischen Feier. Ich glaube, das ist nicht gut, Laila.«

»Ich werde mit den Herren sprechen und wenn beide gewillt sind, mit Ihnen zu diskutieren, dann werde ich das Gespräch in einem Nebenraum organisieren, Laura. Auch ich bin an diesem Thema interessiert, denn hier in Marokko gibt es kontroverse Meinungen zu dem Thema Beschneidung. Einige Schichten, zum Beispiel unter den Berberstämmen, praktizieren die Beschneidung sogar nicht mehr«, ereiferte sich Laila.

Am frühen Nachmittag war es dann so weit. Nach dem Minztee und Gebäck zogen sich der Imam und der Rechtsgelehrte in einen Nebenraum zurück. Unbemerkt von allen übrigen Gästen gesellten sich Laila und Laura zu ihnen. Laura hatte schon während des Teetrinkens bemerkt, dass beide Männer, die nebeneinander saßen, sie immer wieder beobachtet hatten und sich ab und zu flüsternd unterhielten.

»Frau Dr. Quandt, wir begrüßen es sehr, dass eine so kompetente Frau wie sie Interesse an unser Leben und den islamischen Sitten hat. Das Verstehen untereinander ist eine wichtige Voraussetzung für die Interkommunikation der Religionen. Erlauben Sie aber, dass wir Sie mit Laura, das ist doch Ihr Vorname, ansprechen, denn Frau Dr. Quandt ist doch ein wenig lang und für uns ungewohnt. Wir alle sprechen Französisch und somit können wir uns auch direkt unterhalten«, eröffnete der Rechtsgelehrte das Gespräch.

»Ich möchte nicht aufdringlich sein und insbesondere nicht in Ihren Augen als eine sich in fremde Angelegenheiten einmischende Person erscheinen. Und ...« sagte Laura, bevor sie unterbrochen wurde.

»Laura, ich freue mich sehr, Ihnen und vielleicht dadurch auch vielen anderen Christen Aufklärung über den Islam zu schenken«, fiel der Imam ihr ins Wort. »Wir wissen, dass Sie an der Beschneidung teilgenommen haben und irritiert sind. Aber vielleicht sollten wir Sie erst mal ein wenig informieren.«

Laura wollte keine akademischen Erklärungen über sich ergehen lassen und zeigte mit einer kleinen Handbewegung an, dass sie um das Wort bittet.

»Meine Herren, auch in Deutschland werden Beschneidungen an jungen muslimischen und jüdischen Knaben vorgenommen. Ist die Beschneidung nun ein religiöses Muss oder nur eine überlieferte Tradition? Sie wissen doch, dass durch die Entfernung der Vorhaut in die körperliche Unversehrtheit des Kindes eingegriffen wird. Es ist in meinen Augen eine Vergewaltigung des Wohles und der Seele des Kindes, das mit Gewaltanwendung gegen seinen Willen beschnitten wird.«

»Sie haben mit dieser Frage den Kern der Auseinandersetzung auch in muslimischen Ländern getroffen«, sagte der Rechtsgelehrte. »Der Koran ist ein vollkommenes Buch, die Heilige Schrift des Islam, die die Offenbarung Allahs an den Propheten Mohammed enthält. Im Koran ist an keiner Stelle geschrieben, dass junge Knaben beschnitten werden müssen. Daher auch der Disput unter uns Rechtsgelehrten.«

»Aha! Somit handelt es sich dann nicht um eine dokumentierte religiöse Vorgabe«, schlussfolgerte Laura.

Noch bevor der Imam einschreiten konnte, führte der Rechtsgelehrte weiter aus.

»Im Koran wird nichts über eine allgemeine Pflicht zur Beschneidung gesagt, verstehen Sie? Das kann auch gar nicht, denn im Koran steht in Sure 95 explizit, dass Allah den Menschen in schönstem Ebenmaß erschaffen hat. Und das ist unumstößlich, so dass auch die Befürworter der Beschneidung, die Gründe wie zum Beispiel Hygiene für die Beschneidung aufführen, in ihrer Argumentation widerlegt sind. Diese unhaltbaren Gründe sind eine Beleidigung unseres Gottes, denn Allah, der die Schöpfung vollkommen gemacht hat, hätte nach Auffassung dieser Befürworter dann den Menschen, also hier das männliche Neugeborene, ohne Vorhaut auf die Welt kommen lassen müssen. Da das nicht der Fall ist, ist die Zerstörung der vollkommenen Schöpfung, zum Beispiel durch die Entfernung der Vorhaut, ein teuflisches Werk. So sagt es auch der Koran. In Sure 4 Vers 120 spricht Satan und sagt: *Wahrlich, ich will die Menschen aufreizen, und sie werden Allahs Schöpfung verunstalten.*«

Der Imam wurde sichtlich nervös und wartete erkennbar ungeduldig, endlich das Wort zu ergreifen. Er holte tief Luft, bevor er mit gehaltvoller Stimme sprach.

»Was mein Freund der Rechtsgelehrte bestimmt noch sagen wollte, ist, dass der Koran und die Sunna die Quellen der Rechtslehre im Islam sind. Ich gebe zu, dass uns die vollständigen Texte nicht vorliegen und dass der Interpretation und Auslegung Tür und Tor geöffnet sind. Aber dennoch: Aus der Sunna haben wir das Reinheitsgebot, das der Prophet beschrieben hat. Danach gehört zur ursprünglichen Natur der Menschen fünf Handlungen: Die Beschneidung der Knaben, das Abrasieren der Schamhaare, das Kurzschneiden des Schnurrbarts, das Schneiden der Finger- und Fußnägel und das Auszupfen der Achselhaare. Daher wird die Beschneidung bei allen muslimischen Völkern seit Jahrhunderten als islamische Tradition und Pflicht gepflegt« betonte der Imam. »Natürlich gibt es auch die Meinung, dass es sich insgesamt nur um Empfehlungen handelt, also keine Verpflichtung zur Umsetzung besteht«, fügte er kleinlaut hinzu.

Laila hatte sich die ganze Zeit zurückgehalten, wollte aber nun ihren Standpunkt in die Diskussion werfen.

»Wenn es also keine Verpflichtung des Vaters eines männlichen Knaben ist, seinen Sohn beschneiden zu lassen, warum lässt man dann nicht dem Sohn die Wahl, wenn dieser von der Reife her über sich selbst entscheiden kann, ob er sich nach der überlieferten Tradition beschneiden lassen will oder nicht?«, fragte Laila.

Laura spürte, dass die Unterredung Gefahr lief, in eine falsche Richtung abzudriften. Da sie die Initiatorin des Gespräches war, musste sie handeln. Sie räusperte sich unüberhörbar.

»In Deutschland leben sehr viele Muslime. Daher musste sich mein Land auch mit der rituellen Beschneidung befassen. Juristisch ist die Beschneidung von einem Strafgericht als Körperverletzung bewertet worden. Die Hauptfrage dabei war, ob diese Körperverletzung durch die Einwilligung der Eltern gerechtfertigt ist. Man hat sie nur dann als gerechtfertigt angesehen, wenn sie allein dem Kindeswohl dient, zum Beispiel wenn die Beschneidung medizinisch indiziert, also erforderlich ist. Ansonsten wird einhellig die Meinung vertreten, der Junge soll selbst, sobald er über eine reife Einsichtsfähigkeit verfügt, in seine eigene Beschneidung einwilligen, oder eben auch nicht. Die Deutschen sind ja bekanntlich sehr genau. So keimte auch die Frage nach dem elterlichen Sorgerecht oder Erziehungsrecht in Verbindung mit der Religionsfreiheit auf. Einige Leute vertreten die Meinung, dass muslimische Eltern allein zu entscheiden haben, wie ihre Kinder religiös erzogen werden. Und da im Islam und auch im Judentum traditionell die Beschneidung praktiziert wird, obliegt es allein dem Bestimmungsrecht der Eltern, ob die Beschneidung durchgeführt oder - was eher die Ausnahme ist - so lange verschoben wird, bis der junge Mann selbst hierüber entscheiden kann«, referierte Laura.

Laila und Laura waren erstaunt über die anschließende Reaktion der zwei Männer: Es herrschte Einigkeit zwischen ihnen, dass die Frage nach der Rechtfertigung der Beschneidung im Islam allein auf religiöser Basis, die die Tradition und die Überlieferungen mit einschließt, gelöst werden muss. Beide bestätigten, dass in letzter Konsequenz die Basis der Beschneidung allein in der Überlieferung und in der Tradition zu finden ist und die Religion allein hierzu Stellung nehmen kann. Auch teilten sie die Meinung, dass das den Eltern obliegende Sorgerecht im Hinblick auf die religiöse Erziehung ihrer Kinder hier ebenfalls für eine gerechtfertigte Beschneidung im Kindesalter nicht allein greifen könne. Das Sorgerecht würde hier die Eltern nur verpflichten, ihre Kinder zum islamischen Glauben als solchen zu führen und ihnen die Möglichkeit einzuräumen, altersabhängig die fünf Säulen des Islam zu leben. Die Gelehrten erläuterten, dass viele Knaben erst im Kindes- oder Jugendalter oder noch später oder gar nicht beschnitten wurden, obwohl sie den Glauben praktizierten. Sie unterstrichen, dass jeder Muslime, ob er nun beschnitten ist oder nicht, den islamischen Glauben zelebrieren könne. Der Rechtsgelehrte ergänzte noch, dass tendenziell immer stärker auf das Alter des Knaben oder Jungen und dessen Einsichtsfähigkeit abgestellt wird, im Einklang mit der UN-Kinderrechts-Charta, die das Kindeswohl in den Vordergrund stellt. Er fügte hinzu, dass danach bei der Ausübung des Elternrechts das Kind in einer seiner

Entwicklung entsprechenden Weise geleitet werden muss.
Mit dieser Aussage hatte Laura einen Aufhänger gefunden.
»Wenn das so ist, dann frage ich mich, ob bei einer Beschneidung eines Kleinstkindes dieses in einer seiner Entwicklung entsprechenden Weise geleitet wird? „In seiner Entwicklung entsprechenden Weise geleitet" setzt doch voraus, dass das Kind schon einen gewissen Grad an Einsicht haben muss, was zweifelsohne bei Kleinstkindern nicht gegeben ist. Und wie sieht es eigentlich im Judentum aus?«, fragte Laura interessiert.
Der Rechtsgelehrte holte ein kleines Büchlein aus seiner Umhängetasche heraus und blätterte kurz darin, bis er die richtige Stelle gefunden hatte. Er sah den Imam an und las vor:
»Für die Juden ist es zwingend, dass die Beschneidung ausnahmslos am achten Tag nach der Geburt des Jungen stattfindet. Aber: Nach dem jüdischen Religionsgesetz, der Halacha, ist ein nicht beschnittener Jude, sofern er leiblicher Sohn einer jüdischen Mutter ist, Jude. Das ist ein Widerspruch. Ungeachtet dessen greifen die Juden ausschließlich auf die rechtlichen Grundlagen des Judentums in der Halacha, auch wenn diese nur auf Überlieferungen und Auslegungen basieren, zurück. Was die Beschneidung betrifft, so ist diese im 1. Buch Mose geregelt. Dort heißt es:
Alles, was männlich ist unter euch, soll beschnitten werden. Ihr sollt die Vorhaut an eurem Fleisch beschneiden. Das soll ein Zeichen sein des Bundes zwischen mir und euch. Ein jegliches Knäblein, wenn's acht Tage alt ist, sollt ihr beschneiden bei euren Nachkommen. Beschnitten werden soll alles Gesinde, das dir daheim geboren oder erkauft ist.

Und also soll mein Bund an eurem Fleisch sein zum ewigen Bund. Und wo ein Mannsbild nicht wird beschnitten an der Vorhaut seines Fleisches, des Seele soll ausgerottet werden aus seinem Volk, darum dass es meinen Bund unterlassen hat.«

Er hatte das letzte Wort kaum ausgesprochen, als Akim das Zimmer betrat und den Diskutanten erklärte, dass sie von den übrigen Gästen schon vermisst würden. Es war – für alle Gesprächsteilnehmer – ein willkommener Anlass, die Unterredung zu beenden. Akim nahm seine Schwester an die Hand und führte sie in den Garten. Laura beobachtete beide genau, denn irgendetwas in der Beziehung zwischen Bruder und Schwester erschien ihr merkwürdig. Der Rechtsgelehrte sprach Laura an und bat sie, ihm doch etwas über ihre Tätigkeit in Deutschland zu erzählen. Er zeigte sich sehr interessiert und lauschte aufmerksam ihren Worten. Aus dem Augenwinkel konnte sie Laila und Akim weiter beobachten. Sie ging davon aus, dass Laila ihrem Bruder den Inhalt und den Verlauf der Diskussion mitteilte. Akim hatte seine Hände auf Lailas Schultern gelegt und zog sie, nachdem sie aufgehört hatte zu reden, an sich heran. Er umarmte sie und gab ihr einen Kuss auf die Stirn. Laura konnte sich mit einer kleinen vorgeschobenen Lüge von ihrem neugierigen Gesprächspartner loseisen. Sie suchte die Toilette auf und wunderte sich nicht, als Laila sie beim Verlassen abfing.

»Haben Sie eigentlich einen Bruder, Laura?«
»Nein, Laila. Ich bin Einzelkind und ich bedauere sehr, keinen Bruder wie Sie zu haben, mit dem ich alles besprechen kann und der an meiner Seite steht. Sie verstehen sich sehr gut mit Ihrem Bruder, nicht wahr?«

Laila zog Laura sanft in den Raum, in dem sie vorher die Diskussion geführt hatten. Sie schloss langsam die Tür und führte Laura zu einem Diwan.
»Ich werde Ihnen jetzt etwas beichten, was Sie aber unbedingt für sich behalten müssen. Es ist eine sehr delikate Sache, Laura. Ich hatte noch nie die Gelegenheit, mit einer aufgeklärten Frau über meine Gefühle zu reden. Und das will ich jetzt tun. Mein Bruder und ich haben vieles, nein alles gemeinsam durchgemacht. Er war für mich Mutter- und Vaterersatz. Ich liebe meinen Bruder und fühle mich ihm hingezogen. Manchmal ertappe ich mich dabei, ihn anders zu lieben, als es einer Schwester erlaubt ist.«

»Laila, erzählen Sie mir doch etwas mehr, von Ihnen und Akim, von Ihrer Familie, von Ihrer Jugend. Ich muss Ihnen gestehen, dass ich sehr wohl die starke Zuneigung, die wechselseitig zwischen Ihnen und Akim besteht, registriert habe. Wie auch immer, erzählen Sie!«

Obwohl Laila noch nicht begonnen hatte, fühlte sie sich befreit, befreit von der Last, bislang mit keinem vertrauenswürdigen Menschen über ihre Gefühle zu ihrem Bruder gesprochen zu haben. Laila geriet in den letzten Jahren zunehmend in einen immer größer werdenden Konflikt, denn sie spürte seit Jahren ein für sie undefinierbares Verlangen nach mehr, wenn Akim sie umarmte. Sie sprudelte Laura gegenüber alles heraus, woran sie sich erinnern konnte. Nur wenige traurige Momente waren dabei. Immer wieder betonte sie, wie verantwortungsvoll Akim die Rolle ihrer Mutter und ihres Vaters übernommen und sie in ihrer Entwicklung begleitet hatte. Sie erzählte über ihre gesamte Schulzeit, die Berufsausbildung und über ihre verantwortungsvolle Tätigkeit als Weinbäuerin. Sie erzählte über ihre Freizeit, die sie überwiegend zusammen mit Akim verbrachte.

»Laila, wenn ich richtig verstanden habe, sind Sie nur die Halbschwester von Akim. Sie haben einen gemeinsamen Vater aber keine gemeinsame Mutter. Das ist doch richtig?«, fragte Laura.

»Ja! Meine Mutter verstarb kurz nach meiner Geburt. Meine Großmutter väterlicherseits hat uns nur als Last empfunden. Und unser Vater hat nur Interesse an Akim gezeigt, wenn überhaupt. Das war für mich als kleines Mädchen sehr schwer zu ertragen. In meinem Land zählen Jungs etwas mehr als Mädchen; heute ist diese Präferenz aber nicht mehr so ausgeprägt.«

»Laila, leben denn heute noch Leute, die Ihre Mutter oder Ihren Vater kannten, als diese noch jung waren?

»Es gibt nur noch eine Frau, die mit meiner Mutter dieselbe Schule besucht hatte und auch danach, bis zum Tod meiner Mutter, eine enge Verbundenheit zu ihr unterhielt. Das ist ungefähr das einzige, was ich weiß.«

»Es wäre schön, wenn ich mich mit dieser Frau unterhalten könnte.«, sagte Laura, nicht ohne Hintergedanken: Wenn sich ihr anfangs noch vager Verdacht, der sich in dieser Unterredung mit Laila immer stärker verdichtete, bestätigen würde und nur sie davon wüsste, dann hätte sie einen Trumpf in der Hand, den sie Akim gegenüber gut ausspielen könnte. Sie wollte ihn überraschen und bewegen, ihr die Türen für ihre weiteren Recherchen zu öffnen.

»Diese Frau lebt nicht weit weg von uns. Sie thront so zu sagen über uns, denn sie hat ein kleines Haus auf dem Hügel inmitten des Weingutes. Das hält so manchen Dieb davon ab, sich kisten-

weise Trauben zu besorgen und deshalb bekommt sie auch ein kleines Salär von uns. Irgendwie fühle ich mich dieser Frau auch emotional verpflichtet, denn sie ist die letzte Zeitzeugin, die meine Mutter kannte. Sie hat aber bislang vehement abgelehnt, mit mir über meine Mutter zu sprechen.«
»Darf ich es denn mal versuchen? Vielleicht habe ich ja das Privileg, dass sie mit mir spricht, weil ich ja eine Fremde bin?«
»Ich glaube nicht, dass Sie etwas aus dieser Frau herauskriegen. Sie hat bislang geschwiegen und wird es wohl weiter tun. Aber natürlich habe ich nichts dagegen, ich bin doch selbst daran interessiert, so viel wie möglich zu erfahren. Ich will doch wissen, wer meine Mutter war, wo sie aufgewachsen ist, wie sie als junges Mädchen lebte, wie sie war, wie sie meinen Vater kennengelernt hat und warum sie diesen widerlichen Mann, der unser Vater ist, überhaupt geheiratet hat.« sagte Laila voller Erregung.

Laura hatte noch viel Spaß an diesem Abend. Alle Gäste freuten sich ob des Anlasses und vergnügten sich nach Herzenslust. Sie wurde mehrfach in den Kreis der tanzenden Frauen mit einbezogen und war gesuchte Gesprächspartnerin vieler Männer. Um genau 21 Uhr klingelte ihr Handy. Kat war am anderen Ende und fragte besorgt, ob es ihr gut ginge. Er hatte im ersten Moment nicht die laute Musik und die vielen Stimmen im Hintergrund einordnen können. Laura erzählte von ihren Erlebnissen und dass sie erst morgen mit Akim über „das Thema" sprechen wollte. Kat wünschte ihr mit charmanten Worten eine gute Nacht und versprach, sie am nächsten Tag um dieselbe Uhrzeit wieder anzurufen. Kurz vor Mitternacht verabschiedeten sich alle Gäste. Kurz nach Mitternacht lag Laura in ihrem Bett. Sie wälzte sich noch lange im Bett, bevor sie einschlief.

Laura ging auf die Eingangstür des kleinen Häuschens auf dem Hügel des Weinguts zu. Die Tür war nur angelehnt und sie hörte ein Stimmenwirrwarr aus dem Haus kommen. Kaum hatte sie den Raum betreten, fiel die Tür hinter ihr ins Schloss. Der dunkle Raum wurde nur mit weißen Kerzen ausgeleuchtet, die Wände waren mit durchsichtigen, weißen Schleiern aus Seide behangen. In der einen Ecke stand ein Himmelbett auf dem Akim und Laila sich völlig nackt aalten. Ihre eingeölten Körper reflektierten das Licht der umgebenden Kerzen. Laura war von diesem Anblick erotisiert. Mittig im Raum stand ein weißer Holztisch, an dem eine alte Frau und Ihr Chefarzt aus Deutschland vor einer Aluminium Schale saßen. In der Schale lag ein Herz. Beide stocherten mit einem Skalpell an dem Organ herum und diskutierten eifrig um Geld. Dann kam Kat aus der anderen Ecke. Nur ein Handtuch lag um seine Lenden. Er ging auf Laura zu, schweigend und streifte ihr das leichte Gewand vom Körper. Er küsste sie und legte sie auf den mit Teppichen ausgelegten Boden. Dann sprang die Tür auf und der kleine beschnittene Junge kam blutüberströmt in den Raum. Laura war schockiert von dem Anblick. Kat erdrückte sie mit seinem Körper. Sie konnte plötzlich nicht mehr atmen. Sie erstickte.

Schweißgebadet und mit starkem Herzklopfen schreckte Laura hoch und setzte sich auf die Bettkante. Als ihr Atem sich normalisierte und das Stechen in der Brust nachließ, begab sie sich ins Bad und duschte unter kaltem Wasser. Sie war wieder

hellwach, versuchte den Traum zu deuten und kam schnell zu dem Schluss, dass die Ereignisse der letzten Tage und die Beschneidung von ihr noch nicht verarbeitet waren. Sie schaute in den großen Spiegel.
»Was machst du eigentlich, Laura? Du legst dich mit deinem Chefarzt an, stellst Vermutungen auf, wartest auf wer weiß was bis du mit Kat schlafen kannst, legst dich wahrscheinlich mit der organisierten Kriminalität an und schaust zu, wie ein Knabe beschnitten wird!«, sagte sie zu ihrem Ebenbild im Spiegel. Den Gedanken, sich wieder ins Bett zu legen, verwarf sie sofort. Sie huschte leise an den Schlafzimmern von Akim und Laila vorbei und erreichte die Küche. Sie schloss die Tür hinter sich und betätigte die Kaffee- und Espresso-Maschine. Sie kannte sich mit dieser Maschine gut aus, stand doch die gleiche, wenn auch ein neueres Modell, in ihrer Küche. Kaum hatte sie sich mit dem Kaffeebecher an den Tisch gesetzt, öffnete sich die Küchentür. Akim kam herein, nur mit einer knappen Hose bekleidet. Laura war angenehm überrascht von dem Anblick seiner rasierten Brust, die seinen muskulösen Oberkörper noch mehr betonte.
»Oh, entschuldigen Sie, Laura. Ich habe Geräusche gehört und wollte nachsehen, ob alles in Ordnung ist. Wissen Sie, auch hier auf dem Lande gibt es Einbrecher. Man weiß ja nie!«, sagte er und steuerte die Kaffee-Maschine an. Er bereitete sich einen Cappuccino zu und setzte sich neben Laura.
»Sie können wohl nicht schlafen, oder?«
»So ist es! Akim, Sie und Laila sind wirklich sehr nett und gastfreundlich zu mir. Sie wissen aber, dass mich ein ganz konkreter Anlass hierher führt. Ich muss mit Ihnen sprechen, worüber wissen Sie sehr gut.«

»Wir werden darüber sprechen und ich werde Ihnen alles sagen, was ich Ihnen sagen kann, Laura. Nur möchte ich, dass Sie sich meine Beweggründe und meine Argumente anhören und mit mir dann darüber diskutieren. Deshalb müssen Sie erst mal zur Ruhe kommen. Ich habe sehr wohl bemerkt, dass Sie sehr konzentriert und angespannt sind. Was ich damit meine ist, dass Sie noch sehr von Ihren Erwartungen getrieben werden. Erst wenn Ihre Rast- und Ruhelosigkeit verflossen sind, ist es sinnvoll, offen und unvoreingenommen zu diskutieren. Verstehen Sie, was ich meine?«

Laura hatte ihm gut zugehört und genoss seine fürsorgliche Bekümmertheit. Sie war auch abgelenkt, denn sein halbnackter, nur wenige Zentimeter von ihr entfernter Körper betörte sie. Sie kannte diese in letzter Zeit immer wiederkehrende innere Auseinandersetzung, in der ihr Verlangen nach einem Mann sich über alles andere stülpte.

»Was schlagen Sie also vor?«, fragte sie ungeduldig.

»Verbringen Sie den anbrechenden Tag mit Laila am Pool und lassen Sie sich von ihr heute Nachmittag die Stadt zeigen. Ich bin bis spät abends unterwegs, aber wir könnten gemeinsam zu Abend essen, in einem typischen marokkanischen Restaurant, in dem keine Touristen verkehren. Einverstanden?« Ohne eine Antwort abzuwarten stand Akim auf, zog sanft Laura hoch und umarmte sie. Laura war hin und her gerissen. Sie konnte ihn gut riechen und ertappte sich bei verbotenen Gedanken. Nur ein dünner Seidenstoff trennte ihre Körper. Sie schmiegte sich an seinen Körper und zitterte, was Akim nicht verborgen blieb. »Hören Sie, wenn auf Sie in Deutschland kein Mann wartet, dann sind Sie eine freie Frau und müssen sich auch nicht zurückhalten, wenn Sie mit mir schlafen wollen. Sex ist etwas ganz natürliches und wenn zwei Erwachsene sich voneinander angezogen fühlen, dann sollten sie auch miteinander Sex haben dürfen. Gewissensbisse sollten Sie also nicht haben. Sie sind mein Gast, Laura, und als solcher gebe ich Ihnen das, was Sie wollen. Ich bin ein unkomplizierter Mann, der es gelernt hat, nicht ständig mit einem „Wenn und Aber" alles zu hinterfragen.« Akim blickte ihr in die Augen und lächelte sie an. In diesem Moment betrat Laila die Küche.

»Da habe ich ja richtig gehört. Offenbar haben wir alle Schlafprobleme«, sagte Laila und bereitete sich einen Kaffee zu.

»Laila, unser Gast braucht noch ein wenig Abstand von einigen Belastungen. Ich meine, ihr könntet doch eine Pool-Session einlegen und dann einen Einkaufsbummel unternehmen, oder?«, fragte Akim. Er hoffte, dass Laila seine Verlegenheit nicht wahrnahm.

»Ich habe aber keinen Badeanzug in meinem Gepäck«, stotterte Laura. Laila lächelte ihr zu.

»Ein Höschen bekommen Sie von mir. Mehr brauchen wir nicht. Wir sind hier alleine und keine unverfrorenen Blicke werden uns was abgucken. Ich meine, wir sollten jetzt versuchen, die restlichen Stunden der Nacht zu schlafen.«

ઝ૦જ

6. Teil

Das winzige Stoffdreieck verdeckte nur das nötigste von Lailas makellosem Körper. Laura wunderte sich ein wenig über Laila, die jeglichen Hauch an Prüderie vermissen ließ. Im Hintergrund klang aus einem Radio die Stimme von Sting, der einen Rock-Hit nach dem anderen sang. Beide Frauen unterhielten sich angeregt über die Dinge des Lebens, vermieden aber den Namen Akim auszusprechen. Laila hatte der Situation in der Küche keine Bedeutung geschenkt. Sie hatte die Unterhaltung zwischen Akim und Laura nicht mitbekommen. Laura dagegen war aufgewühlt und gab sich alle Mühe, Laila hiervon nichts spüren zu lassen. Einerseits wollte sie Laila helfen, ihre Gefühle zu Akim zu verstehen und zu normalisieren. Andererseits sah sie sich selbst als Eindringling in Akims und Lailas wie auch immer gearteter Beziehung. Sie hatte seit langer Zeit keinen Sex mehr gehabt und ihr Verlangen danach wuchs unaufhörlich. Sie ärgerte sich, dass bei den wenigen Gelegenheiten, endlich mit Kat eine Nacht zu verbringen, immer wieder etwas dazwischen gekommen ist. Laura erinnerte sich an die guten Worte ihres Doktorvaters: *Wenn man spürt, ein Übermaß an Dingen vernebelt einem den Weg, dann muss man nur Ding für Ding abarbeiten. Der Weg erscheint dann wieder klar und übersichtlich.*

Als Laila darum bat, ihr den Rücken einzuölen, hatte Laura den festen Entschluss gefasst, noch heute mit der *Abarbeitung* anzufangen. Es war für Laura angenehm, Laila einzuölen. Sie ließ das Arganöl auf die Schultern, den Rücken und den Po tropfen. Dann verteilte sie es streichelnd mit beiden Händen. Sie hörte Laila leise stöhnen und wusste, dass sie ihrem Ziel sehr nahe war: Nach wenigen Minuten war Laila eingeschlafen. Laura entfernte sich lautlos und bekleidete sich mit einer Hose und einer Bluse. Sie verließ den Garten durch eine Seitentür und ging eiligen Schrittes den Weg zum Haus der Aufseherin hinauf. Als sie sich anschickte zu klopfen, rief eine angenehme Frauenstimme, sie solle einfach hineinkommen. Laura fand eine alte Frau vor, die in einem Schaukelstuhl etwas hin und her wippte und unüberhörbar unter Atemnot litt. Die Frau hatte starke Augenränder und eine blasse Gesichtsfarbe. Der Raum war spartanisch eingerichtet, nur das nötigste Mobiliar stand entlang der Wände. Ein elektrischer Backofen, ein Kühlschrank und eine Doppelspüle waren der einzige Luxus, und vielleicht auch noch die großen Fenster an jeder Hausseite.

»Mehr brauche ich nicht!«, sagte die alte nach Luft schnappende Frau in einem einwandfreien Französisch. Sie hatte Lauras fragende Blicke richtig interpretiert. »Ich weiß wer sie sind. Ich habe Sie beobachtet. Sie sind eine gute Freundin von Laila und Akim, denn nur gute Freunde und Freundinnen übernachten dort.«

Laura schaute sich um und entdeckte an jedem Fenster ein Fernglas. Die alte Frau verfolgte ihre Blicke und erklärte ihr, dass sie mit der Zeit an Sehkraft verloren habe und deshalb an der Seite eines jeden Fensters ein Fernglas hängt.

»Entschuldigen Sie bitte, dass ich Sie so überfalle, ich komme gerne wieder, wenn es Ihnen jetzt nicht passt«, sagte Laura kleinlaut.

»Aber nein, liebes Kind. Ich bekomme so gut wie keinen Besuch und jede Abwechslung ist mir willkommen. Ich war sehr stark erkältet und lag Tage im Bett, darum sollten Sie nicht zu nah an mich herankommen.«

»Ich bin Ärztin, Kardiologin, und möchte nicht aufdringlich wirken, aber darf ich Sie kurz untersuchen? Sie sagten, Sie seien sehr erkältet gewesen. Ich höre, dass Sie unter Atemnot leiden. Dieses Symptom darf nicht unterschätzt werden. Erlauben Sie, dass ich Sie untersuche?«

»Warum nicht, mein Kind? Sie sind Ärztin und ich schwach auf den Beinen. Vielleicht können Sie mir ja helfen, aber bezahlen kann ich Sie nicht. Das müssen Sie wissen.«

Laura untersuchte die alte Frau so gut wie es ging. Sie vernahm Rasselgeräusche und entdeckte Unterschenkelödeme. Ihre vorläufige Diagnose Herzinsuffizienz auf Basis einer Entzündung der Herzmuskel stand nach wenigen weiteren Handgriffen fest.

»Ich werde noch einige Tage hier bleiben und wenn Sie es wünschen, werde ich Sie weiterbehandeln. Ich glaube, ich kann Sie kurieren.«

»Ja, gerne. Aber ich kann Sie nicht bezahlen, mein Kind«

»Das müssen Sie auch nicht. Ich werde ein paar Untersuchungsmaterialen besorgen, Ihnen Blut abnehmen und es analysieren lassen. Dann sehen wir weiter. Wissen Sie, ich helfe Ihnen gerne und Sie müssen natürlich nichts bezahlen. Geld regiert zwar die Welt, aber Menschlichkeit, praktizierte Menschlichkeit kann nicht mit Geld aufgewogen werden. Und oft kostet Menschlichkeit keinen Cent«, sagte Laura und hielt die Hand der alten Frau fest umklammert.

»Und was führt Sie zu mir, mein Kind?«

»Ich würde sehr gerne mit Ihnen über Laila und Akim sprechen. Beide haben es mir gestattet. Mich

interessiert insbesondere, wer die Mutter von Laila und wer die Mutter von Akim war. Über den gemeinsamen Vater weiß ich so einiges.«
Laura hatte kaum den eigentlichen Anlass ihres Besuches ausgesprochen, da fing die alte Frau an nach Luft zu schnappen. Ihr Gesichtsausdruck verfinsterte sich. Es herrschte Totenstille im Raum und Laura wagte nicht, sich zu bewegen oder den Mund aufzumachen. Sie konnte dem durchdringen Blick der alten Frau nicht mehr standhalten und schaute zum Boden.
»Warum?«, fragte die alte Frau.
»Akim und Laila sind Geschwister. Sie sind aber so unterschiedlich, wie man nur unterschiedlich sein kann. Weder im Körperbau noch im Aussehen kann ich Gemeinsamkeiten feststellen. Und als Ärztin bin ich natürlich an solch einem Phänomen interessiert, verstehen Sie?«
Laura hoffte, dass die Frau diese Begründung annehmen würde, denn von Akims und Lailas Gefühlen zueinander, die auch bei Berücksichtigung einer ausgeprägten Geschwisterliebe nicht zu vereinbaren waren, wollte Laura nicht sprechen.
»Aber beide haben doch nicht dieselbe Mutter. Und deshalb ist es doch mehr als logisch, dass beide nicht unbedingt Gemeinsamkeiten aufweisen müssen«, sagte die alte Frau bissig.
»Ich teile Ihre Meinung, aber der gemeinsame Vater ist auch noch da. Und deshalb bleibt für mich die Frage offen.«
»Ich bin müde. Sie kommen ja wieder, um mich zu behandeln. Vielleicht können wir dann weiter über diese Sache sprechen. Ich möchte jetzt schlafen.«
Laura nickte zustimmend, lächelte die alte Frau, die ihre Augen bereits geschlossen hatte, an und stand

schon auf der Türschwelle, als sie die von der alten Frau geflüsterten Worte *Nur die Mutter weiß genau, dass sie die leibliche Mutter ist. Beim Vater ist das anders* vernahm.

Sie war nur eine gute Stunde weggeblieben und fand Laila noch schlafend unter dem Sonnenschirm vor. Sie ging in die Küche und bereitete zwei aufgebrühte Kaffee vor. Sie wollte Laila erst wenige Minuten nach dem Kaffeetrinken mit der Nachricht überraschen, dass sie zwischenzeitlich bei der Aufseherin war und eilte in ihr Zimmer. Sie zog sich schnell aus und nur das winzige Tangahöschen wieder an.

»Service, Madame«, sagte Laura nur so laut, dass Laila unerschrocken aufwachte und stellte die Kaffeebecher auf den niedrigen Gartentisch. Laila streckte sich und lächelte Laura an.

»Morgen sonnen wir uns wieder und dann können Sie mich wieder einölen, Laura. Das war so schön, wie ich es noch nie erlebt habe. Ich habe Ihr Streicheln sehr genossen und bin dabei eingeschlafen. Bitte entschuldigen Sie diese Unhöflichkeit, ich hätte mich um Sie kümmern müssen. Aber ich war noch müde und Sie haben mich in den Schlaf gestreichelt.«

»Laila, ob Sie es glauben oder nicht, ich habe inzwischen die Aufseherin besucht und mit ihr gesprochen. Sie ist krank, sehr krank. Ich hoffe, dass ich ihr helfen kann. Ich müsste in Erfahrung bringen, ob ein paar bestimmte Sachen in einer Apotheke erhältlich sind. Ihr Blut müsste untersucht werden, vornehmlich in einem Labor eines Krankenhauses. Könnten Sie mich dabei unterstützen?«

»Kommen Sie, ich massiere Sie jetzt ein wenig, dann können Sie etwas entspannen und danach fahren wir in die Stadt. Mein Bruder und demzufolge auch ich kennen den Direktor des Krankenhauses sehr gut. Es wird für ihn eine Ehre sein, Ihnen behilflich zu sein. Er ist sehr interessiert an allem, was europäische Medizin betrifft. Und was eine Apotheke betrifft, da habe ich auch eine Adresse. Ein Klassenkamerad von mir, der zwei Jahre lang versucht hat, mit mir anzubändeln, ist Apotheker. Wenn Sie wollen, können wir so rechtzeitig zurück sein, dass Sie unsere Aufseherin weiterbehandeln können. Was halten Sie von meinem Vorschlag?«

Die Freude des Apothekers war groß, als beide die „Pharmacie Générale" betraten. Laila hatte Mühe, die Aufmerksamkeit des Apothekers auch auf Laura zu lenken. Erst als Laila ihn resolut aufforderte, Laura anzuhören, gab er ausführliche Auskünfte und Hinweise über die außerordentliche Ausstattung seiner Apotheke mit renommierten Medikamenten. Großzügig übergab er Laura die von ihr erbetenen sterilen Plastiktütchen, Spritzen, ein Stethoskop und ein Blutdruckmessgerät. Laila drängte dann, zum Krankenhaus zu fahren. Der Apotheker ließ wissen, dass er Ihnen Tag und Nacht zur Verfügung stehe und begleitete beide bis zur Tür.

Der Direktor des Krankenhauses empfing sie überschwänglich freundlich. Er war ein selbstgefälliger Typ, der genau wusste, was er wollte. Laura fragte zunächst, mit welchen technischen Möglichkeiten das Labor ausgestattet war. Sie zeigte sich überrascht, als sie hörte, dass das Krankenhaus über das bestausgestattete Labor des Landes verfügte. Als der Direktor seine persönliche Hilfe zugesagt hatte, führte Laura all die Dinge und Leistungen auf, die sie heute und morgen in Anspruch nehmen wolle.

Der Direktor nickte nur und begleitete beide ins Labor. Die Laborleiterin wurde angewiesen, der „Frau Doktor aus Deutschland" uneingeschränkt zur Seite zu stehen und all ihre Wünsche zu erfüllen. Der Direktor lud beide noch zu einem Tee in die Cafeteria ein. Kaum hatten sie sich gesetzt, stellte Laura hörbar fest, dass sie wohl im Labor ihren Kugelschreiber vergessen habe. Sie erhob sich und eilte, ohne eine Reaktion abzuwarten, in Richtung Labor. Die Leiterin empfing sie freundlich.

»Ich habe noch eine Frage«, sagte Laura und lächelte die Leiterin an. »Ist das Labor auch ausgestattet, um DNA-Analysen durchzuführen?«

»Seit ungefähr zwei Jahren, ja, seitdem ich die Leitung übernommen habe. Ich bin Naturwissenschaftlerin und habe meine Zulassung als Abstammungsgutachterin. Und - worauf ich sehr stolz bin - ich habe mit der Übernahme dieses Laboratoriums dafür Sorge getragen, dass wir auch molekularbiologische Untersuchungsverfahren durchführen können«, antwortete die Laborleiterin mit stolzer Stimme.

»Dann möchte ich Sie bitten, morgen eine solche durchzuführen. Wenn Kosten entstehen, dann werde ich diese gerne übernehmen. Nur müssen Sie absolutes Stillschweigen über diese DNA-Analyse halten. Die Ergebnisse hätte ich gerne auf einen Stick gespeichert. Würden Sie das tun?«

»Hören Sie, der Direktor hat mich doch angewiesen, Ihnen zur Verfügung zu stehen. Sagen Sie mir, was Sie wollen, und wir machen das. Nur eines muss ich Ihnen sagen: Die Analyse kann nicht offiziell erfolgen, dafür benötige ich einen gerichtlichen Beschluss. Ich kenne all die Problematiken, die Menschen veranlassen, über eine DNA-Analyse mehr über ihre Abstammung erfahren zu wollen.

Aber ich werde Ihnen ausnahmsweise helfen, nur nicht offiziell. D´accord?«

Laura fuhr den Weg zurück. Kaum hatten beide das Weingut erreicht, eilte sie zu der alten Frau und nahm ihr Blut ab. Dann horchte sie den Rücken und die Brust der Frau mit dem Stethoskop ab und überprüfte den Blutdruck. Ihre Erstdiagnose fand sie bestätigt, wollte aber noch die Ergebnisse der Blutuntersuchung abwarten. Ins Haus zurückgekehrt hörte Sie Laila, die mit Akim telefonierte. Laila unterbrach kurz das Gespräch und fragte Laura, ob sie nicht alleine zum Krankenhaus fahren könnte. Er wären ja nur wenige Kilometer und fast immer gerade aus. Laila fügte noch hinzu, dass Laura das Fahrzeug ohnehin während ihres Aufenthaltes benutzen sollte, ohne zu fragen. Das würde die Sache einfacher machen. Laura nickte zustimmend und nahm den Autoschlüssel, den ihr Laila hinhielt.

»Ich mache mich noch ein wenig frisch, bevor ich fahre«, sagte Laura und begab zu den Schlafräumen. Sie kam an Lailas Schlafzimmer vorbei, ging schnell hinein und wandte sich direkt dem Badezimmer zu. Sie fand, was sie wollte, steckte es in ein Plastiktütchen und verließ das Zimmer. Da Laila immer noch hörbar telefonierte, wiederholte sie die Prozedur in Akims Badezimmer. Dann machte sie sich eiligst frisch und verabschiedete sich kurz von Laila. Sie stieg in den Wagen und fuhr direkt zur Dependance. Dort traf sie eine Raumpflegerin an, die von Zeit zu Zeit den Hausputz erledigte. Die Zugehfrau war zwar zunächst irritiert, aber Lauras Erklärung, sie sei Gast bei Akim und Laila und müsste schnell mal die Toilette aufsuchen, überzeugte sie. Auch dort fand Laura, was sie suchte und verließ die Dependance eiligen Schrittes. Sie hatte nicht die Absicht gehabt, den alten demenzkranken Mann sehen zu wollen.

Laila hatte ein Brathähnchen an Zitrone und Sellerie zubereitet. Laura wurde von beiden mit einem Glas Champagner begrüßt, als sie wieder das Haus betrat. Für Akim und Laila war es der richtige Zeitpunkt, Laura das Duzen anzubieten. Es war eine laue, etwas schwülwarme Nacht. Durch die offenstehende Flügeltür betraten sie die Terrasse und betrachteten den mit funkelnden Sternen behangenen Himmel. Sie genossen schweigend diesen Blick bis Laila sie aufforderte, mit dem Essen anzufangen. Das Tischthema war die alte Frau, die Aufseherin, wie Akim sie nannte. Laura erfuhr so einiges mehr über diese Frau, die es in ihrem Leben nicht einfach gehabt hatte. Ihre Eltern starben, als sie fünfzehn Jahre jung war. Ihr Onkel hatte nichts anderes im Kopf, als sie unmittelbar danach zu verheiraten. Der ausgesuchte Mann, Unteroffizier in der Armee, war am Tage der Hochzeit sehr nett zu ihr, am Tage danach nur noch nett. Einen Tag später zeigte er seinen wahren Charakter. Es war der Beginn einer höllischen Ehe. Zwei Jahre später kam ihr Mann unter mysteriösen Umständen ums Leben. Man sagte ihr, er sei ehrenhaft im Dienst für das Königreich gestorben. Sie erhielt eine kleine Witwenpension, von der sie nicht leben konnte. Daraufhin sei sie von Lailas Mutter eingestellt worden, als Aufseherin. Seitdem wohnt sie in dem Häuschen auf dem Hügel. Akim verriet, dass vor Jahren manchmal ein weißer Mercedes vor dem Häuschen geparkt hatte. Seine Recherchen hätten ergeben, dass ein Jugendfreund der Frau sie manchmal besuchte. Dieser war aber verheiratet und Vater von vier Kindern, und so sind wohl die Besuche immer geheime Schäferstündchen gewesen.

Da alle die letzte Nacht nicht sonderbar gut geschlafen hatten, gingen sie früh zu Bett. Akim hatte Laura versprochen, ihr den ganzen nächsten Tag ab Mittag zur Verfügung zu stehen. Laila wollte dabei sein. Laura lag im Bett, als ihr Handy klingelte. Sie berichtete Kat von dem, was sie für die alte Frau getan hatte. Sie offenbarte Kat, welche Vermutung sie bezüglich Akim und Laila für sich aufgestellt und was sie diesbezüglich unternommen hatte. Sie ließ durch ihre ununterbrochene Berichterstattung einen Kommentar von Kat gar nicht erst aufkommen und bat ihn um seine E-Mail-Adresse. Auf seine Frage hin, warum, sagte sie nur, sie würde ihm eine E-Mail mit sensiblen Daten zuleiten, die er in seinem Institut akribisch auswerten und die Ergebnisse ihr telefonisch mitteilen sollte. Nach ein paar freundlichen Worten beendeten sie das Gespräch. Laura wusste, was sie alles am nächsten Morgen zu erledigen hatte: Ins Krankenhaus fahren um die Ergebnisse der Blutuntersuchung und der DNA-Analyse in Empfang zu nehmen, zur Apotheke fahren um Medikamente für die alte Frau zu holen und die DNA-Werte Kat zuzumailen. Dann müsste sie sich schnellstens noch um ihre Patientin kümmern und sich dann für das Gespräch mit Akim bereithalten.

Die Müdigkeit überfiel sie und sie schloss die Augen. Im Zimmer war es nicht ganz dunkel, die Außenlampen ließen durch das Fenster ein wenig Helligkeit in das Zimmer hinein. Laura schnellte hoch, als jemand an die Tür klopfte. Akim betrat ihr Zimmer. Er schloss leise die Tür hinter sich und sah Laura mit seinem charmanten Lächeln an. Laura wusste, was er wollte. Sie wusste auch, was sie wollte. Sie schlug die Bettdecke auf und zwinkerte Akim zu.

ഓർ

7. Teil

Die Leiterin des Labors erschien Laura ein wenig übermüdet. Sie überreichte Laura einen Stick und die schriftlichen Ergebnisse der Blutuntersuchung. Sie räusperte sich und nahm Laura am Arm.
»Mit den Ergebnissen der Blutuntersuchung werden Sie wohl zurechtkommen. Die erkrankte Person muss sofort behandelt werden, sonst ist sie in wenigen Tagen tot. Am besten, Sie bringen sie ins Krankenhaus. Was die DNA-Profile auf dem Stick anbelangt, da muss ich passen. Ich weiß ja nicht, was Sie mit der Analyse bezwecken, daher kann ich Ihnen auch nicht sagen, was mir aufgefallen ist. Ich habe die Profile nach den Buchstaben gespeichert, die Sie mir mit den drei kleinen Plastiktüten vorgegeben haben. Nur eins kann ich sagen ...«
»Nein, das brauchen Sie nicht« unterbrach Laura. »Vielen Dank. Ich werde Sie lobend beim Direktor erwähnen. Vielleicht sehen wir uns ja noch einmal. Auf Wiedersehen!« Laura fuhr direkt zur Apotheke und wusste um den Empfang, den der Apotheker ihr machen würde. Nach der erwarteten überschwänglichen und herzlichen Begrüßung fragte sie den Apotheker, ob sie seinen PC benutzen und eine E-Mail versenden dürfe. Er führte sie in sein Büro und ließ sie alleine. Sie verfasste ihre E-Mail an Kat, speicherte die DNA-Profile vom Stick als Anhang und drückte erleichtert auf „Senden".
Laura beeilte sich, die Apotheke zu verlassen. Sie hielt am Häuschen der alten Frau und versorgte sie mit Medikamenten.
»Es ist notwendig, dass Sie ins Krankenhaus gehen. Nur so kann Ihnen richtig geholfen werden.

Und zahlen müssen Sie auch nichts, das regele ich mit dem Krankenhaus.«
»Mein Kind, ich weiß, dass ich sterben muss. Und da hilft auch kein Krankenhaus. Ich weiß auch, dass Allah mir in Ihrer Person einen Engel geschickt hat.«
»Wissen Sie«, sagte Laura mit sehr ruhiger Stimme, was Gott will und macht, bleibt sein Geheimnis. Ich tue nur das, was ich tun muss, und in Ihrem Fall mache ich das sehr gern.«
»Sie haben eigentlich keinen Grund, sich so um mich zu kümmern. Ich weiß ja, dass Sie Ärztin sind. Und dennoch, es wäre nicht Ihre Pflicht, eine Ihnen völlig unbekannte alte, dem Tod geweihte Frau in Marokko zu helfen.«
»Einigen wir uns doch so: Ich helfe Ihnen, Sie helfen mir. Das ist doch ein gutes Angebot, oder?«
»Ja, ja, aber wie kommen Sie dazu, auch die Krankenhauskosten bezahlen zu wollen?«
»Wenn Sie ins Krankenhaus gehen, werden keine Kosten anfallen. Dafür werde ich schon sorgen. Ich habe da so einige Beziehungen, die ich spielen lassen werde. Aber nun zurück zu meinem Angebot.«
»Sie sind ein guter Mensch. Wenn ich das hier alles richtig einordne, dann komme ich zu dem Schluss, dass Sie nur Informationen über die Eltern von Akim und Laila haben wollen, ist das richtig?«
»Ja! Es ist sehr wichtig, für Akim und Laila.«
»Ich weiß, dass ich bald sterben werde. Vielleicht ist es Allahs Wille, dass der letzte Zeuge, der die Wahrheit kennt, sein Wissen weitergibt. Mein Kind, ich werde Ihnen jetzt die Geschichte über Akims und Lailas Eltern erzählen. Diese Geschichte dürfen Sie - wie auch immer - nie weitererzählen. Können Sie mir das versprechen?«

»Ich werde nur die Fakten nutzen, aber die Geschichte selbst nicht weiter erzählen. Ich gebe Ihnen mein Ehrenwort.«
»Dann hören Sie mir gut zu, mein Kind.«

Exkurs: Die Geschichte
Immer wieder betonte der leibeigene Arzt des Kaids, er sollte mit dem Kettenrauchen aufhören. Der Kaid war aber auf diesem Ohr taub. Er verschmähte verpackte Zigaretten und drehte die Glimmstängel aus feinstem Tabak stets selbst. Er hatte großes Vertrauen zu seinem Sekretär Hassan, der immer mehr und mehr die Geschicke des riesigen Weingutes steuerte. Der Kaid gab nur noch die „großen Weisungen", die Hassan dann umzusetzen hatte. Die Frau des Kaids kümmerte sich um die gesellschaftlichen Belange. Auch sie entwickelte Sympathien für Hassan, der ihr mit Rat und Tat zur Seite stand, wann immer er etwas Luft in seinem Terminkalender fand. So war die Freude groß, als sie Hassan mitteilen konnten, dass bald Nachwuchs im Hause sei. Der Kaid verlangte, dass Hassan uneingeschränkt auch für seine Frau, die unter Bluthochdruck leide, dienstbereit sein solle. Um seine Sekretariatsaufgaben geflissentlich weiterführen zu können, sollte er zu seiner Unterstützung eine gute Kraft einstellen und seinen knapp einjährigen Sohn Akim zu sich auf das Anwesen holen.

Als die Frau des Kaids hochschwanger war, standen die Namen für das Kind schon fest: Beide hatten sich auf die Namen Mohammed oder Laila geeinigt, je nachdem, ob es ein Junge oder ein Mädchen ist. Hassan wurde mehr und mehr in die familiären Beratungen einbezogen und durfte auch eigene Meinungen zu diesem großen Ereignis im Hause des

Kaids äußern. Er wusste aber sehr genau, dass er immer die Ansichten des Kaids als die richtige zu loben hatte, wollte er nicht seinen privilegierten Platz verlieren. Er erinnerte sich genau an die Situation, die ihm zum Verhängnis hätte werden können, als er dem Kaid empfahl, wegen seiner starken Hustenanfälle das Rauchen zu reduzieren. Seine Rettung war, dass er dem Kaid vermitteln konnte, seine Empfehlung habe sich nur auf die Zeit nach der Rückkehr von Mutter und Kind von der Entbindungsstation bezogen. Hassan musste den Kaid immer öfter zum Arzt fahren, denn nach den mehrmals am Tag einsetzenden starken Hustenanfällen konnte der Kaid kaum noch die Brustschmerzen aushalten. Dieser Gesundheitszustand belastete die familiäre Stimmung, zumal die Frau des Kaids nach jeder Hustenattacke ihres Gatten keinen Hehl mehr daraus machte, dass der Kaid mit dem Rauchen sein Leben aufs Spiel setze. Die wenigen Tage bis zur Niederkunft waren für alle Anwesenden eine Qual: Der Körper des Kaids schien sich regelrecht zu zersetzen, so sehr war er auch von den Schmerzen gekennzeichnet. Hassan hatte zwischenzeitlich gelernt, Spritzen zu setzen und musste mehrmals am Tag dem Kaid eine immer stärkere Dosis Morphium verabreichen. Bei der letzten Spritze vor Mitternacht wies der Kaid Hassan an, seine Frau ins Krankenhaus zu bringen. Sein Gesundheitszustand sei eine unzumutbare Belastung für sie. Er würde sie dort besuchen, sobald sein Gesundheitszustand es erlaube. Hassan erkannte an seiner Stimme und an seiner Mimik, dass der Kaid selbst nicht an seine Worte glaubte. Er half dem Kaid, das Nachtgewand überzuziehen und begleitet ihn ins Schlafgemach seiner Frau. Der Kaid sprach lange mit seiner Frau, die nur noch weinte. Der Kaid nahm sie in die Arme und flüsterte ihr lange ins Ohr. Ihre Tränen flossen immer stärker, ihr Schluchzen war nicht zu überhören. Sie musste oft nach Luft ringen und umarmte nun selbst den Kaid. Auf ein Zeichen hin brachte Hassan den Kaid in dessen Arbeitszimmer. Sodann gab der Kaid eine Weisung nach der anderen, die Hassan auf ein Blatt Papier festhalten musste, und befahl, diese Weisungen sofort zum Notar zu bringen. Hassan eilte zur großen Garage und nahm sich den ersten Wagen, den er erreichen konnte. Es war der persönliche Wagen des Kaids, ein weißer Hummer H2. Er fuhr den kürzesten Weg zum Notar, weckte diesen und zeigte ihm die Weisungen des Kaids. Der Notar telefonierte kurz mit der Leiterin seines Büros und befahl ihr, mit allem Notwendigen und dem Siegel zum Weingut des Kaids zu fahren. Wenig später trafen alle fast gleichzeitig dort ein. Hassan durfte an der Unterredung nicht teilnehmen und musste vor der Tür des Schlafgemachs des Kaids warten. Der Notar hatte dem Kaid aufmerksam zugehört und rief Hassan hinein. Er sollte sich setzen, was er gerne tat. Er wusste, dass er seine ganze Aufmerksamkeit dem Geschehen widmen musste. Der Notar stellte ihm alle möglichen Fragen zu seiner Person, seinem Gesundheitszustand und ob er in irgendeiner Weise liiert sei oder gar Abkömmlinge habe. Offenbar hatte Hassan alle Fragen zur Zufriedenheit des Notars bislang beantwortet, denn mit der letzten „richtig" beantworteten Frage zeigte der Notar Erleichterung. Nachdem der Notar dem Kaid von dem Ergebnis seiner Befragung berichtet hatte, musste Hassan sich auf das Bett setzen. Der Kaid nahm seine Hand und sprach eindringlich auf ihn ein. Der Notar fügte von Zeit zu Zeit ein paar Bemerkungen an und vergewisserte sich, ob Hassan auch immer alles verstanden habe. Hassan war wie versteinert und hörte gespannt zu. Dann nahm der Notar einige Papiere aus dem offen stehenden Safe und verbrannte sie. Die Büroleiterin saß vor dem PC und dem Drucker und stellte ein Dokument nach dem anderen her. Hassan musste seine Unterschrift unter dem einen und anderem Schriftstück setzen. Das ganze Geschehen glich für ihn wie ein Film, in dem jede Handlung genau platziert ist und alles genau nach einem Drehbuch abgearbeitet wird. Nur kurz kam ihm der Gedanke, ob er wirklich durchschaue, was hier mit ihm passiert und welche Auswirkungen die Papiere, die er unterschrieben hatte, haben werden. Der Anblick des mit dem Tod ringenden Mannes nahm ihn schnell wieder ein.

Am nächsten Morgen fuhr Hassan die Frau des Kaids zur Entbindungsstation. Er half ihr aus dem Wagen und hielt sie an einer Seite unter dem Arm fest. Mit der anderen Hand trug er eine prall gefüllte Dior-Reisetasche. Er hatte schon vor zwei Tagen mit der Station telefoniert und darauf bestanden, dass das schönste Zimmer mit Balkon und eigenem Bad zur Verfügung steht. Es gab nur ein Zimmer dieser Güte, das Zimmer mit der Nummer 11. Am Empfang sagte Hassan im Vorbeigehen nur die Zimmernummer. Eine Schwester kam um den langen Tresen herum, stellte sich kurz als persönliche Betreuerin vor und begleitet beide ins Zimmer. Hassan verabschiedete sich diskret, was der Schwester nicht weiter auffiel. Sie wusste, dass Männer sich im Allgemeinen in einer Entbindungsstation überfordert fühlen und so schnell wie möglich die Station wieder verlassen.

Als er wieder das Weingut erreichte, sah er den Krankenwagen vor dem Eingangstor. Ein Hausangestellter musste ihn herbeigerufen haben. Er schnellte die Stufen empor und begab sich ins Schlafgemach des Kaids. Der Sanitäter sagte ihm, dass nichts mehr zu machen sei. Hassan ging auf den Kaid zu und nahm seine Hand. Der Kaid öffnete kurz seine Augen und lächelte ihn an. Als der Kaid seine Augen wieder schloss, durchfuhr Hassan eine kribbelnde Welle.
Der Leibarzt bestätigte den Tod des Kaids und stellte den Totenschein aus. Der eiligst herbeigerufene Notar, der keinen weiteren Anteil an den Ereignissen nahm, trommelte das gesamte Hauspersonal zusammen und sprach eindringlich auf dieses ein.
Erst zwei Tage später fuhr Hassan zur Entbindungsstation. Dort herrschte Hochbetrieb, und so wurde sein Kommen nicht registriert. Kurz vor Zimmer Nr. 11 kam ihm die persönliche Betreuerin entgegen. Sie nahm ihn am Arm, führte ihn in das Zimmer und bat ihn, sich zu setzen. Sie sprach sehr behutsam und erklärte, was sich in den zwei Tagen abgespielt hat.
Exkurs: Ende

»So, mein Kind. Nun sind Sie sicherlich gespannt, wie die Geschichte zu Ende geht, nicht wahr?«, fragte die alte Frau. »Gehen Sie zu dem Kleiderschrank, dort finden Sie oben rechts eine Dokumenten-Mappe. Fragen Sie mich nicht, woher ich die Mappe oder die dort enthaltenen Unterlagen habe. Das tut nichts zur Sache.«
»Natürlich, gerne«, sagte Laura voller Neugier und Erwartung. Auf Geheiß der alten Frau öffnete sie die Mappe und zog das erste Schriftstück her-

aus. Es war eine Kopie einer von der Entbindungsstation ausgefertigten Entlassungsbescheinigung. Laura las aufmerksam und verschlang jedes Wort. Unter „Kind" waren alle medizinischen Geburtsdaten des Neugeborenen aufgeführt sowie ein Hinweis, dass der von den Eltern gewünschte Name „Laila" ist. Unter „Mutter" war der Verlauf der Geburt und der Hinweis aufgeführt, dass die Mutter einen Tag nach der Geburt wegen einer schweren Präeklampsie verstorben ist. Unter „Vater" stand nur der Name Hassan El Abbadi.

»Was bedeutet das?«, fragte Laura nervös.

»Ganz einfach, mein Kind. Der leibliche Vater von Laila war der Kaid, der wusste, dass er an Lungenkrebs demnächst sterben würde. Seine Liebe galt seiner Frau und seinem noch nicht geborenen Kind. Also hat er mit Hilfe seines Notars nach allen legalen Regeln seinen Sekretär zum Eigentümer des Weinguts gemacht und als Gegenleistung gefordert, dass er für das Wohl seiner Frau sorgt und das noch nicht geborene Kind mit der Maßgabe adoptiert, dass die Adoption nur im äußersten Fall zur Sprache kommt. Er sollte grundsätzlich als Vater von Laila auftreten. Mit seiner Frau sollte Hassan einen Modus Vivendi finden. Der Kaid konnte nicht ahnen, dass seine Frau nach der Geburt nicht mehr auf dieser Welt ist. Akim war nur knapp ein Jahr alt, als ihm ein Schwesterchen an die Seite gestellt wurde. Bis heute kennt er die Wahrheit nicht.«

»Dann sind Akim und Laila ja keine Geschwister!«, stellte Laura fest.

»Das ist richtig!«

»Und warum haben Sie das nie gesagt?«

»Weil Akims Vater, als ich ihn darauf ansprach, mir gesagt hat, dass ich den nächsten Sonnenaufgang nicht erleben würde, sollte ich auch nur ein Wort hierüber verlieren. Daher galt für mich: Kein Sterbenswörtchen!«

Laura fuhr ihren Wagen in Richtung Haupthaus. Sie wollte jetzt mit einem Trumpf in der Hand Akim zwingen, das von ihr ersehnte Gespräch endlich zu führen. Vor dem Haus stand ein hochglänzender weißer Mercedes, der Fahrer in schwarzer Uniform stand angelehnt an der offenen Fahrertür und hörte Musik. Laura war verärgert, denn sie wusste nicht, wer oder was schon wieder das Gespräch mit Akim verzögern würde. Als sie den Salon betrat, begrüßte Akim sie herzlich und teilte ihr mit, dass der Imam, mit dem sie das Thema Beschneidung diskutiert hatte, gekommen ist, um mit ihr ein weiteres Thema zu erörtern. Der Imam saß auf der Terrasse und nippte an seinem Teeglas. Kaum hatte er Laura erblickt, stand er auf und ging mit einem breiten Lächeln auf sie zu.

»Frau Dr. Quandt, wie schön, Sie wiederzusehen!« sagte der Imam euphorisch. »Ich wäre Ihnen sehr dankbar, wenn ich mich mit Ihnen über ein Thema, dass in den nächsten Tagen im Kreise islamischer Organisationen besprochen wird, unterhalten könnte. Sie sind eine engagierte Frau und sicherlich auch sehr objektiv. Da das Thema auch Deutschland betrifft, hoffe ich auf einige neue Erkenntnisse. Wären Sie so lieb und opfern mir ein wenig Ihrer kostbaren Zeit am heutigen Tage, wenn Sie wollen gleich jetzt und hier?«

Laura war so perplex, dass sie nur zustimmend nickte. Auf die einladende Handbewegung des Imams, sich zu setzen, kam sie gerne zurück. Akim setzte sich daneben, Laila bereitete in der Küche ein Festmahl zu. Laura sah sie durch das Küchenfenster, das weit offen stand.

»Gerne stehe ich Ihnen Rede und Antwort, aber bin ich überhaupt kompetent, um auf Ihre Fragen einigermaßen eingehen zu können? Ich habe zwar drei Jahre regelmäßig an einem interreligiösen Gesprächskreis teilgenommen und gehe davon aus, dass es Ihnen um entsprechende Sachverhalte geht. Ob ich jedoch Ihrem Anliegen gerecht werden kann, weiß ich nicht. Ich will es aber gerne versuchen. Bitte!«

»Frau Dr. Quandt, das Thema betrifft die Integration von Muslimen in Europa. Wir wurden aufgeschreckt durch eine Reportage, die den türkischen Ministerpräsidenten Ende des Jahres 2011 in Deutschland zeigt, als er sich an die türkische Gemeinde in Deutschland wandte. Er warnte seine Landsleute, auch diejenigen, die bereits einen deutschen Pass besitzen, vor Assimilation. Assimilation, im Gegensatz zur Integration, bedeutet doch religiöses und kulturelles Aufgehen, also den Türken in Deutschland die deutschen Bräuche, Emotionen und Sitten aufzuzwingen. Uns ist nicht bekannt, dass die Deutschen oder eine der letzten deutschen Regierungen jemals die Assimilation von Zugewanderten gefordert hätten.«

»Ich kann Ihnen dazu nur meine persönliche Meinung sagen. Es geht hier nicht nur um die Türken in Deutschland, sondern um alle Muslime und andere Religionen von Zuwanderern. Ich habe mit vielen muslimischen Patienten zu tun, mit denen ich mich natürlich auch über deren Lebensumstände unterhalte. Kein Türke, kein Deutscher und keine deutsche Regierung will die Assimilation von Zuwanderern. Wer so was thematisiert, redet dummes Zeug. Aber dass sich die Zuwanderer integrieren müssen, das ja! Das ist eine Forderung, aber eine Forderung zum Wohle der Zuwanderer, die in Deutschland leben. Integration bedeutet unter anderem die deutsche Sprache zu erlernen, die deutsche Tradition zu akzeptieren und die deutschen Gesetze zu respektieren. Genau so geht es doch auch den Deutschen im Ausland. Sie behalten ihre eigene Identität, akzeptieren und respektieren aber die Identität der anderen. In Deutschland fehlt es aber an der Reziprozität. Die Muslime isolieren sich in Deutschland und einige Tendenzen eines radikalen Islamismus in Deutschland sind bereits erkennbar. Denken Sie nur an die Salafisten, die jegliche Aufklärung der muslimischen Gesellschaft absolut verhindern wollen.«

»Dagegen ist nichts zu sagen und ich bedauere diese Entwicklung. Ich weiß natürlich, dass die Muslime jegliche Kritik als Beleidigung des Islam werten und die Christen sich deshalb sehr, damit will ich sagen zu bedeckt halten. Ich habe hier ein Artikel aus dem Internet vorgelegt bekommen, wonach ein auch in Deutschland lehrender Universitätsprofessor muslimischen Glaubens gesagt haben soll, dass muslimische Zuwanderer in Europa ihre eigene Leitkultur als Alternative anbieten, wenn in Europa keine eigene Leitkultur angeboten wird. Seine Schlussfolgerung lautet, dass im Laufe der Zeit Europa islamisiert würde und ein Euro-Islam mit einer Parallelgesellschaft mit islamischen Werten und eigenen Gesetzen - die Scharia – entsteht. Konflikte mit dem demokratischen Gemeinwesen seien somit vorprogrammiert, wenn Europa sich nicht seiner Identität stärker bewusst wird.«

»Diese Meinung kann ich gut teilen. Auch ich bin der Meinung, dass Europa mehr und mehr seine Identität verliert. Dieser Prozess ist aber nicht erst von heute. Dieser Prozess findet seinen Anfang mit der Jahrzehnte zurückliegenden Politik und deren Versuch, eine multikulturelle Gesellschaft in ganz Europa aufzubauen. Der Fehler dieser Politik liegt darin, dass die Europäer mit der Integrationsbewegung einfach überfordert waren und von sich aus keine Leitkultur als Basis für ein friedliches und respektvolles Zusammenleben geschaffen haben. Sie haben verkannt, dass eine multikulturelle Gesellschaft in den einzelnen Staaten nicht bestehen kann. Sie haben verkannt, dass sie die Weichen für eine interkulturelle Gesellschaft hätten stellen müssen. Nicht auf das „multikulturelle", sondern auf das „interkulturelle" kommt es allein an, wenn zwei völlig unterschiedliche Kulturkreise nebeneinander existieren wollen«, betonte Laura.

»Das ist eine interessante Aussage. Aber steht diese nicht im Widerspruch zu der von einem Ihrer Bundespräsidenten getroffenen Feststellung, der Islam sei ein Teil Deutschlands?«, fragte der Imam.

»Wissen Sie, über diese Aussage wurde in Deutschland viel debattiert. Das Thema wurde in Deutschland ausdiskutiert und heute sind sich im Ergebnis alle einig, dass diese Formulierung unglücklich war, auch wenn dieser Bundespräsident schon differenziert hatte. Er hat nämlich geäußert, dass das Christum und das Judentum zweifelsfrei zu Deutschland gehören, bei der Erwähnung des Islam aber das Wort „zweifelsfrei" weggelassen. Das war Absicht. Trotzdem muss man die Sache noch kritischer sehen. Ich glaube gelesen zu haben, dass es über vier Millionen Muslime in Deutschland gibt. Natürlich gehören diese Muslime zu Deutschland, darin besteht überhaupt kein Zweifel. Diese Muslime sind aber kein Teil Deutschlands, da der Islam nicht Teil der deutschen Identität und der deutschen Tradition ist. So hat es auch der aktuelle Bundespräsident formuliert, indem er sagte, dass die Muslime, die in Deutschland leben, zu Deutschland gehören. Er sagte also damit, dass der Islam als solcher nicht zu Deutschland gehört, aber die Muslime, die Menschen, die ja!«, dozierte Laura.

»Hier in Marokko wird das Christentum akzeptiert und respektiert«, begann der Imam nach wenigen Sekunden der Stille. »In der deutschen und der türkischen Verfassung ist die Religionsfreiheit verankert. Wieso gibt es zum Beispiel in Deutschland oder nein, seitens des Abendlandes keine Reaktionen auf die Schikanen, die die Christen in Ländern mit muslimischer Mehrheit aufgrund der Islamisierung des Islam ausgesetzt sind?«

»Reaktionen gibt es schon, ob zum Beispiel von unserem ehemaligen Bundespräsidenten oder dem kürzlich zurückgetretenen Papst, der aber mehr mit der Aufklärung innerhalb der katholischen Kirche selbst beschäftigt war. In meinen Augen ist es ein falsches Verständnis von Political-Correctness des Abendlandes, nicht vehement genug auf die Gewährleistung der ungestörten Ausübung des christlichen Glaubens in islamischen Staaten zu insistieren. Europa ist in dieser Hinsicht uneins und einzelne Staaten ignorieren gar das Problem. Offenbar haben die europäischen Politiker noch nicht verstanden, dass der islamistische Fanatismus eine Bedrohung Europas darstellt und gegenwärtig zu einer wachsenden Islamophobie führt. Sie scheinen resigniert zu haben, ob ihrer Inkompetenz. Aber bitte, Sie erwähnten eben die Islamisierung des Islam. Was meinen Sie genau damit?«, fragte Laura.

»Das ist eine allgemeine Feststellung aller Gelehrten, die unvoreingenommen die Geschichte des Islam analysieren. Früher war der Islam moderater.

In den letzten Jahrzehnten hat sich der Islam in sehr vielen arabischen Staaten radikalisiert und immer stärker Einfluss auf die Politik genommen. Die Folge ist, dass sowohl die bereits früchtetragende Demokratisierung als auch der von den Muslimen ersehnte Modernisierungsprozess nachhaltig geschwächt wurden.«

Laila unterbrach das Gespräch und kündigte an, dass das Essen serviert ist. Es war für Laura eine willkommene Unterbrechung, denn sie musste sich zu sehr konzentrieren, um nicht ein falsches Wort in ihren Antworten zu verwenden. Sie wusste von der Bedeutung, die der Imam ihr und ihren Stellungnahmen zumaß.

Nach dem Dessert teilte Laura mit, dass sie sich ausruhen und hinlegen wollte. Der anstrenge Tag hatte sie sehr mitgenommen. Kaum lag sie auf ihrem Bett, schlief sie ein. Akim und Laila wollten sie nicht mehr stören und gingen davon aus, dass Lauras Gespräch mit Akim wohl erst am nächsten Tag erfolgen wird. Sie sollten Recht behalten. Laura wurde nur durch Kats Anruf aus dem Schlaf gerissen. Sie erzählte Kat kurz, was sie alles an diesem Tag erlebt hatte und dass sie todmüde sei. Kat erklärte ihr, dass auf der Grundlage der DNA-Profile eindeutig und ohne jeden Zweifel Akim und Laila keine gemeinsamen Eltern gehabt haben. Er bat Laura, diese Neuigkeit seinem Freund Akim so schnell wie möglich mitzuteilen. Erst am nächsten Morgen machte sie sich Vorwürfe, mit Kat am Telefon erneut nicht freundlich genug gewesen zu sein.

☙❧

8. Teil

Akim saß am Küchentisch und nippte an einem Becher. Laura ging auf ihn zu, nahm einen von mehreren Bechern, die mittig auf dem Tisch standen, und füllte ihn mit Kaffee. Sie hatte sich entschieden, ihr Wissen um ihn und Laila noch so lange zurückzuhalten, bis Akim sich bereit erklärt, sie in die Organisation einzuschleusen.
»Guten Morgen, Akim« sagte Laura und gab ihm einen Kuss auf die Stirn. Sie setzte sich neben ihn.
»Wo ist denn Laila?«
»Sie ist schon früh aufgestanden und zu ihrem Friseur gefahren. Das dauert!«, antwortete er.
»Akim, Kat hat dir erläutert, warum ich hier bin. Ich möchte jetzt von dir etwas mehr wissen, insbesondere aber, was du mit meinem Chef zu tun hast.«
»Kat ist dein Freund, nicht wahr? Wie lange seid ihr schon zusammen?«
»Wir sind quasi Kollegen, er ist Molekularbiologe, ich bin Kardiologin, wie du weißt. Wir kennen uns schon lange. Wir sind uns aber erst vor meiner Abreise etwas näher gekommen. Aber ich bin nicht nach Marokko gekommen, um mit dir über Kat zu sprechen, Akim. Also, was hast du mit dem Transport von Organen nach Paris zu tun?«
Akim wusste nicht, wie und wo er anfangen sollte. Er wusste nur, dass er Laura nicht alles erzählen durfte. Die Gefahr für Laura, für Laila und für ihn war einfach zu groß.
»Laura, wenn du verstehen möchtest, was ich dir erzähle, dann musst du mir erst mal völlig unbefangen zuhören. Schlussfolgerungen kannst du, wenn ich fertig bin, immer noch ziehen«, sagte Akim und

legte seine Hand auf Lauras Oberschenkel. »Bei jeder Transplantation, die von der Organisation, für die ich arbeite, durchgeführt wird, gibt es drei Akteure. Der erste, der ins Spiel kommt, ist der Empfänger des Organs. Stelle dir einen reichen Mann vor, der unbedingt ein neues Organ transplantiert bekommen muss. Er hat nur wenig Zeit und wenn diese Zeit überschritten ist, ist der Mann tot. Ob nun in Deutschland, in Marokko oder in einem anderen europäischen Land, in all diesen Ländern ist die Organtransplantation gesetzlich geregelt und wird von offiziellen Stellen überwacht. Hier in Marokko ist eine Organtransplantation nur zwischen volljährigen Verwandten zulässig. Wenn nun dieser Mann in seinem Verwandtenkreis keinen adäquaten Spender findet, wird er oder das ihn behandelnde Krankenhaus sich ganz offiziell an ein Transplantationszentrum wenden. Oft bringt er dann in Erfahrung, dass die Wartezeit für ein Organ länger ist als die ihm noch verbleibende Lebenszeit. In vielen Fällen steht nicht nur sein Leben auf dem Spiel. Sein Tod kann dramatische Folgen innerhalb seiner Familie auslösen. Auch Dritte, zum Beispiel von ihm abhängig Beschäftigte, könnten die Folgen seines Todes spüren, wenn zum Beispiel sein Betrieb oder Unternehmen geschlossen wird. Diese Fälle gibt es zu Hauf. Ein Organ legal zu erhalten, ist also für diesen Mann nicht gegeben. Ist es diesem Mann zu verdenken, wenn er sich auf illegalem Wege ein Organ besorgt, um zu überleben? Wer, Laura, wer will ihm das verübeln? Dieser Mann ist doch nur das Opfer einer nicht durchdachten Politik. Heute sieht es doch so aus, dass jeder Mensch aktiv zustimmen muss, wenn er sich bereit erklärt, unmittelbar nach seinem Tod Organe zu spenden. Warum kann das Verfahren nicht ganz einfach umgedreht werden? Damit meine ich, dass jeder Mensch gehalten ist, seine Organe zu spenden. Will er das partout nicht, muss er der Entnahme aktiv widersprechen.«

»Wenn der Empfänger nun auf illegalem Wege ein Organ findet und sich transplantieren lassen will, wie kommt er an die Organisation?«

»Nicht er sucht und findet die Organisation, sondern die Organisation findet ihn!«, sagte Akim mit kaum verborgenem Stolz.

»Würdest du mir bitte das erklären?«

»Das ist eigentlich ganz einfach. Die Organisation ist bei den Transplantationszentren, insbesondere bei den Stellen, die Zugriff auf die Wartelisten haben, präsent. Sie erfährt also von den suchenden Empfängern und spricht diese, wenn sie denn die von der Organisation aufgestellten Kriterien erfüllen, diskret an. Haben die, wie soll ich das sagen, ein für sie bindendes Interesse bekundet und hat sich die Organisation von der Finanzstärke des Empfängers überzeugen können, beginnt der Apparat zu rotieren. Mehr kann ich dir nicht sagen, da dieser Teil der Organisation völlig abgeschottet von uns arbeitet.« Akim ließ ihr etwas Zeit, um das Gesagte zu verinnerlichen. Dann setzte er erneut an. »Nun lass mich zum zweiten Akteur kommen. Das ist der Spender. Im Gegensatz zum Empfänger kommt der Spender aus ärmlichen Verhältnissen. Ihm wird eine so hohe Geldsumme angeboten, dass er nicht widerstehen kann. Mit diesem Geld opfert er nur ein Organ, kann aber selbst wie gewohnt weiterleben. Denke zum Beispiel an die dir bekannten Nieren- oder Leberlappen-Lebendspenden. Im letzten Fall haben wir bei den Spendern stets eine Leberregeneration ohne jegliche Komplikation feststellen können.«

»Und wie findet ihr die Spender?«, fragte Laura hoch konzentriert.

»Wenn alle Diagnostik-Daten und der Gewebetyp des Empfängers bekannt sind, wird nach dem Spender gesucht. Dabei achtet man darauf, dass das wesentliche Merkmal des Gewebetyps, das sind die Leukozyten-Antigene, zwischen Spender und Empfänger optimal übereinstimmen. Das macht die Organisation, um sicherzustellen, dass die Transplantationen stets erfolgreich durchgeführt werden, was letztlich ihrem guten Ruf zu Gute kommt. Die Organisation verfügt über ein Reservoir an Spendern. Darüber darf ich dir aber nichts erzählen.«

»Gut! Bevor du mir etwas über die Organisation sagst, das ist doch sicherlich der dritte Akteur, erzähl mir noch was über die Spender.«

»Es sind meistens junge Leute, die angesprochen werden und denen man die Ungefährlichkeit der Entnahme und das damit verbundene lukrative Geschäft genau erklärt. Ich weiß nur so viel, dass die Organisation alles daran setzt, dass von der Entnahme bis zur Transplantation alles reibungslos läuft. Die jungen Leute wohnen in vielen afrikanischen und asiatischen Ländern.«

»Es ist doch aber bekannt, dass es einige verbrecherische Organisationen gibt, die Organe von hingerichteten Häftlingen, aber auch von gekidnappten Menschen und von Flüchtlingen gewaltsam entnehmen lassen und für sehr viel Geld verkaufen, ohne Rücksicht auf das Leben der Spender«, empörte sich Laura.

»Das ist auch richtig. Vor ein paar Jahren flog hier eine verbrecherische, von einem Geistlichen geführte Organ-Schmugglerbande auf, die mit Organen von Kindern aus einem Nachbarland gehandelt hatte. Die Rädelsführer dieser Bande wurden

von Interpol beobachtet und von der amerikanischen Polizei verhaftet. Ja, unglaublich wie weit diese Handelswege reichen! Danach trat für eine gewisse Zeit Ruhe ein.«
»Und die Organisation, für die du tätig bist?«
»Sie besteht aus dem uns allen unbekannten Kopf, der irgendwo in Russland sitzt und alle Fäden in der Hand hält, und einem straff gegliederten Unterbau. Die Organisation wacht mit eiserner Hand darüber, dass ihre Philosophie aufgeht. Ihre Philosophie ist einfach zu verstehen: Finanzkräftige Organempfänger, kerngesunde und sehr gut bezahlte Spender, hundertprozentige Geeignetheit des Organs, fachkompetenteste Durchführung der Transplantation. Durch Handlanger setzt sie ihr Geschäftsmodell um.«
»Und wie bist du zu dieser Organisation gekommen?«
»Die haben mich einfach ausgewählt!«
»Das verstehe ich nicht, Akim.«
»Die suchen sich ihre Handlanger und Helfershelfer nach genau festgelegten Kriterien aus. Bei mir war es wohl, dass ich gutsituiert und kapitalstark bin, und zur höheren Gesellschaft gehöre, somit über Einfluss verfüge. Ausschlaggebend war dann wohl, dass ich verwundbar war und heute nach wie vor bin. Solche Leute suchen die!«
»Wieso verwundbar?«
»Laila! Verstehst du?«
»Nicht ganz, Akim. Was hat Laila damit zu tun?«
»Die Organisation hatte mir klargemacht, dass ich nicht ablehnen könne, es sei denn, ich könnte damit leben, dass Laila entführt und in einer üblen Hafenkneipe irgendwo in Mittel-Afrika zur Prostitution gezwungen wird. Fotos von Lailas Vergewaltigungen wollten sie mir noch zeigen, bevor ich

dann - wie sie sich ausdrückten - eine Reise ohne Wiederkehr antreten würde. Als die mir so drohten, bin ich ausgeflippt. Das war ein Fehler, denn so hat die Organisation erkannt, dass sie ins Schwarze meiner Empfindlichkeit gestoßen war. Ich sollte nur die Verbindung zwischen den Übergaben des Organs sicherstellen. Nur zwei Tage, nachdem ich zugestimmt hatte, wurde ich eingewiesen. Man zeigte mir den Transportweg. Ich sollte in ein bereitgestelltes Flugzeug steigen und nach der Landung, ich weiß nicht wo, den Transportkoffer in Empfang nehmen. Zurückgekehrt, sollte ich im Transitbereich den Koffer einem Herrn übergeben, dessen Foto und Personalbogen mir auf dem ersten Rückflug gezeigt wurden. Es war das Foto von Professor Haferkorn, dein Chef, Laura! Der Personalbogen wies alle wichtigen Daten auf, so dass ich mich beim ersten Mal von der Identität des Transporters auch über seinen Reisepass doppelt absichern konnte.

»Das ist alles etwas schwer, zu glauben. Du übergibst den Transportkoffer an meinen Chef und der geht - mir nichts dir nichts - durch den Zoll und besteigt das Flugzeug nach Paris?«

»Das ist richtig. Die Organisation hat das ganze System perfekt organisiert. Dem Zoll und allen weiteren Stellen wie den Krankenhäusern oder den an der Transplantation beteiligten Ärzten werden notariell beglaubigte Schriftstücke in Englisch vorgelegt, aus denen hervorgeht, dass zum Beispiel der Enkel seinem Großvater das Organ gespendet hat. Diese Papiere, ob gefälscht oder nicht, würden keinen Zollbeamten auf der Welt veranlassen, den Transport eines lebenswichtigen Organs durch einen Chefarzt zu unterbinden. Und, Laura, der Zoll oder die Polizei haben bei der Abfertigung keine

Probleme, denn bekanntlich haben Organe keine Nationalität, verstehst du?«
»Das habe ich verstanden. Und wie sieht es mit der Bezahlung aus?«
»Genau weiß ich das nicht, aber durch meine Gespräche mit meinem Kontaktmann, dem Übergeber des Organkoffers und dem Piloten habe ich eine Ahnung, was so bezahlt wird. Der Spender erhält fünftausend Dollar, der Empfänger muss bis zu hundertfünfzigtausend Dollar bezahlen.«
»Und du, was bekommst du?«
»Ich bekomme für die Organisation und Durchführung der Übernahme und Übergabe auch fünftausend Dollar. Ich erfahre ein paar Tage vor der Aktion, wann genau diese stattfinden wird. Ich muss dann die Flüge koordinieren und den Abholer, hier also deinen Chef, informieren. Dein Chef wiederum informiert die Leute in Paris und den Empfänger. So ist gewährleistet, dass keine unnötige Zeit verloren geht. Wichtig ist natürlich auch, dass die Durchblutung des Organs nur kurz unterbrochen wird. Aber das ist dir ja bekannt.«
»Wegen der Ischämie sollte aber spätestens nach 72 Stunden transplantiert werden. Läuft das denn hier alles in dieser Zeit ab?«, fragte Laura, wobei sie ihre Skepsis nicht kaschierte.
»Ja! Wie du siehst, hat jeder seine konkreten Aufgaben. Und die genießen Priorität, sonst ...«
»Sonst was?«, unterbrach Laura.
»Sonst machen die ihre Drohung wahr«, sagte Akim fatalistisch.

Laura hatte genug gehört. Sie nahm sich ein Stück von einem Baguette und füllte den Kaffeebecher auf. Als sie sich erhob, bat sie Akim, das Gespräch etwas später fortführen zu wollen. Sie ging in den

Garten und setzte sich auf eine rosafarbige Marmorbank. Sie wollte über das, was sie bislang erfahren hatte und ihr weiteres Vorgehen nachdenken. Ihr Gefühl sagte ihr, dass sie doch nun alles wisse, was sie wissen wollte, als sie Deutschland verließ: Ihr Chef war in einem straff organisierten Organhandel verwickelt. Neugierig machte sie aber noch die Frage, wie viel Geld ihr Chef für jede Transplantation erhält und ob er dieses Geld in seine eigene Tasche steckt oder vielleicht doch einem guten Zweck zukommen lässt. Laura legte sich auf eine Gartenbank und genoss die Sonne. Sie nickte ein. Akim beobachtete sie von der Terrasse aus und konnte an Lauras etwas zu heftigen Kopfbewegungen erahnen, dass sie einen schlechten Traum durchlebte. Er eilte zu ihr und legte ihren herunterhängenden Arm auf ihren Bauch. Laura wachte auf und fuhr erschrocken hoch.

»Laura, ist das nicht alles zu viel für dich? Schau mal, du bist eine engagierte Ärztin in Deutschland, hast bestimmt sehr viel zu tun und trägst enorm viel Verantwortung. Dazu kommt jetzt die Belastung mit dieser Organgeschichte. Das hält doch keiner aus. Solltest du nicht einen Schlussstrich unter dieser Sache ziehen. Das wäre doch für alle die beste Lösung. Bitte, Laura, las die Sache auf sich beruhen!«

Laura lockerte ihre Umklammerung.

»Nein! Ich will noch zwei Sachen recherchieren. Ich will wissen, wie fachmännisch die Entnahme erfolgt und ob die Spender auch wirklich ihr Geld bekommen. Akim, spreche bitte mit deinem Mittels- oder Verbindungsmann oder wie immer der sich nennen mag. Sage ihm, dass ich eine Ärztin aus dem Tätigkeitsbereich des Arztes bin, der das Organ hier in Empfang nimmt. Sage ihm, dass ich das

Entnahmeverfahren als Chirurgin optimieren könnte und somit bei der nächsten Entnahme dabei sein sollte. Mache es ihm schmackhaft. Das kannst du doch bestimmt, oder?«
»Laura, das kann ich nicht. Ich würde unser aller Leben aufs Spiel setzen. Die Organisation hat ihre Regeln und diese erlauben nicht, Dritte auch nur ansatzweise zu involvieren, geschweige denn, ihnen etwas über die Sache zu erzählen. Alles was die Organisation wie der Teufel das Weihwasser scheut, sind unnötige Mitwisser.«
Sie erkannte, dass sie Akim nicht dazu bringen konnte, seine Meinung zu ändern. Sie dachte nach, ob sie ihren Trumpf nun ausspielen sollte. Sie wollte ihn bewegen, den Kontakt zu seinem Mittelsmann herzustellen. Von Akim erfuhr sie, dass Laila vor dem Friseur noch einen Hammam aufsuchen und somit erst gegen Nachmittag zurückkommen würde. Sie erklärte Akim, dass es wohl besser sei, das Gespräch später fortzusetzen und sich auszuruhen. Sie stand auf, nahm Akim an die Hand und führte ihn in ihr Schlafzimmer.

Laila verließ den Salon und kaufte in einer kleinen Backstube einen ofenfrischen Pflaumenkuchen. Sie wollte Akim und Laura mit dieser Delikatesse zum Nachmittagstee überraschen. Als sie die Küche betrat, sah sie Akim bei der Vorbereitung des Tees aus frischer Minze. Sie gab ihm einen Kuss auf die Stirn und streichelte seine Wangen.
»Du siehst gut aus, Bruderherz! Wo ist Laura?«
»Hier bin ich«, sagte Laura im Türrahmen stehend. »Schön, dass du wieder da bist. Laila, ich möchte mit dir und Akim sprechen, wenn möglich jetzt.« Sie wusste, dass Akim kein Wort über den sehr heftigen Sex mit ihr verlieren würde. Sie spür-

te, dass er noch im Nachrausch war. Das wollte sie ausnutzen. Sie erklärte Laila, dass Akim sie zwar aufgeklärt, sie aber ihren Wissensdurst noch nicht ganz gestillt habe. Laura ging sehr langsam und behutsam vor. Sie erinnerte Laila an das Gespräch, das sie mit ihr über Akim geführt hatte. Sie sah Akim in die Augen und sprach seine unübersehbare besondere Zuneigung Laila gegenüber an. Dann wandte sie sich an beide und erwähnte ihre jahrelang ungestillten Sehnsüchte, die unausgesprochen blieben, aber dennoch für jeden von ihnen spürbar waren. Sie erwähnte, wie sie mit Hilfe der alten Frau auf den Gedanken gekommen sei, die Abkommenschaft beider medizinisch zu hinterfragen, wie sie eine erste Bestätigung durch die anonyme DNA-Analyse hier vor Ort erhalten und Kats Hilfe für einen offiziellen zertifizierten Nachweis in Anspruch genommen habe. Sie übergab Akim den Stick.
»Die Ergebnisse der von Kat durchgeführten DNA-Untersuchungen sind hierauf gespeichert. Laila und Akim, ihr seid keine Geschwister!«
Laila brach in Tränen aus und verbarg ihr Gesicht mit den Händen. Sie heulte und schüttelte sich. Akim weinte. Sein Blick schweifte von Laila zu Laura hin und her. Er stand auf und nahm Laila in die Arme. Er wusste nicht mehr ein und aus mit seinen Gefühlen und seinen Gedanken. Laila drückte sich immer enger an Akim. Sie suchte Halt, um langsam zu realisieren, dass sie Akim gegenüber ihren Gefühlen nun freien Lauf lassen könnte. Sie sah Akim nur kurz an und küsste ihn immer wieder. Akim erwiderte ihre Küsse und schämte sich über das in ihm keimende Verlangen nach mehr.

Laura verließ das Haus, setzte sich in den Wagen und fuhr zum Flughafen. Sie setzte sich auf die Besucherterrasse, bestellte eine Cola und beobachtete den Betrieb und die Parkpositionen der Flugzeuge auf dem Vorfeld. Eine kleine zweimotorige Maschine setzte zur Landung an. Laura verfolgte die Maschine bis zu ihrer Parkposition. Zwei Männer mit Aktentaschen verließen die Maschine und stiegen in ein wartendes Fahrzeug ein. Das Fahrzeug umfuhr die Maschine und verließ den Flughafen ohne jegliche Zoll- oder Polizeikontrolle durch ein offen stehendes Türgitter. »Kann ja nicht schaden, wenn du weißt, wie das hier läuft«, sagte sie sich. Sie fuhr zurück und fand Akim und Laila immer noch auf der Bank diskutierend sitzend. Sie winkte beiden zu und setzte sich zu ihnen.

»Ihr werdet noch eine ganze Menge zu besprechen haben und müsst diese neue Situation erst richtig einordnen. Aber überstürzt euch jetzt nicht in euren Entscheidungen. Wie sagt man so immer so schön: *In der Ruhe liegt die Kraft!*«.

»Laura, natürlich können wir dir nur dankbar sein, denn du bist es gewesen, die uns Klarheit in unsere bislang verbotenen Gefühle verschafft hast«, sagte Akim. »Wir müssen zunächst mit der Tatsache zurechtkommen, dass wir keine Geschwister sind und dass wir unsere Gefühle zueinander ausleben können. Es wird sehr schwierig sein, das Geschwister-Sentiment, das uns Jahrzehnte eng aneinander geschweißt hat, einfach zu ignorieren. Nun kurz zu dir. Über die Art und Weise deines Vorgehens, Schwamm drüber! Vieles wird sich hier ändern und ich werde alle meine Beziehungen spielen lassen müssen, um diskret unseren neuen Personenstand offiziell anerkennen und in den Papieren umändern zu lassen. Dazu benötige ich aber noch schnellstens die amtliche Bestätigung der DNA-Ergebnisse von Kats Institut. Kannst du das arrangieren oder soll ich Kat anrufen, auch um ihm zu danken?«

Laura holte ihr Handy aus der Hosentasche und wählte Kats Nummer. Als er sich meldete, sprach sie kurz mit ihm und übergab das Handy an Akim. Kat versprach, die Ergebnisse auch gleich ins Französische übersetzen und beglaubigen zu lassen und die Papiere dann schnellstmöglich zuzuschicken. Laura saß immer noch im Schneidersitz und sah zu Akim und Laila hoch.

»Ihr werdet jetzt weniger Zeit für mich haben und daher möchte ich dich bitten, Akim, mir ein Gespräch mit deinem Verbindungsmann zu vermitteln. Ich werde euch nicht in die Sache hineinziehen. Als überzeugendes Argument kannst du anführen, dass ich - wie schon gesagt - eine Mitarbeiterin des deutschen Arztes bin, der die Transplantationen vornimmt, und ich mit Sicherheit zur Optimierung der Entnahme-Operation erheblich beitragen kann. Akim, ich will mir das ansehen, ich muss mir das ansehen. Also, überzeuge deinen Mittelsmann. Natürlich weiß ich von der Gefährlichkeit, aber das ist allein meine Sache.«

Akim hatte entgegen seinen Erwartungen keine Schwierigkeiten, den Verbindungsmann zu überzeugen. Dass gegebenenfalls eine Mitwisserin aufgetreten ist und diese eine Gefährdung für die Organisation darstellt, das wollte der Verbindungsmann selbst feststellen. Er hatte Akim erklärt, dass er die Frau möglicherweise beseitigen lassen müsste. Er bestand darauf, dass bei der ersten Kontaktaufnahme Laura sich an einer bestimmten Stelle am Strand im Bikini hinlegen sollte, ohne auch nur einen Gegenstand mit sich zu führen. Der Verbin-

dungsmann wollte damit sicher gehen, dass sie nicht „verwanzt" ist oder eine versteckte Minikamera bei sich führt und die Polizei das Gespräch abhört und ihn filmt. Er würde sich zu erkennen geben und sie auffordern, mit ihm am Wasser spazieren zu gehen. So könnte er ausschließen, dass Richtmikrophone zum Einsatz kommen und dass das Gespräch aufgezeichnet wird. Das Treffen sollte schon morgen stattfinden.
Laila und Akim besprachen mit Laura einige Details. Laura sollte einen sehr knappen Bikini tragen, meinte Laila. Das würde zum einen den Verbindungsmann beruhigen, zum anderen würde sie auch nicht auffallen, da viele junge Mädchen und Frauen an den marokkanischen Stränden knappe Bikinis tragen.

Laura zog dennoch die Blicke, insbesondere der Männer, an. Sie war eine hübsche Frau mit einem wohlgeformten Körper. Sie genierte sich, so wenig bekleidet zu sein. Sie stellte aber auch fest, dass der Bericht über den vorangegangenen schnellen Demokratisierungs- und gesellschaftlichen Modernisierungsprozess insbesondere in den am Meeresufer liegenden Großstädten Marokkos, den sie vor einiger Zeit in einer Wochenzeitung gelesen hatte, stimmte. Sie lag etwa eine halbe Stunde ausgestreckt auf ihrem Strandtuch, als ein gutaussehender, dunkelhäutiger, für ihren Geschmack zu muskulöser Mann asiatischer Herkunft auf sie zukam. Außer seiner Badehose trug er nur ein lässig über die Schultern geworfenes großes Strandlaken.

»Sie sind Frau Quandt?«, fragte er.
»Ja, das bin ich. Ich hoffe, ich erfülle Ihre Erwartungen, was mein Outfit betrifft. Halten Sie das

von Ihnen verlangte Procedere nicht für maßlos übertrieben?«

»Sie erwarten doch sicherlich keine Antworten auf diese Fragen, oder? Wir machen jetzt einen Spaziergang, am Wasser entlang. Lassen Sie das Badetuch bitte liegen. Also, kommen Sie jetzt!«
Laura war über den Befehlston verärgert, sagte aber nichts. Sie wusste, dass das hier ihre erste und letzte Chance war, in der Sache weiterzukommen. Der Mann nahm ihren Unterarm und half ihr, aufzustehen. Im feinen, nachgebenden Sand verlor sie das Gleichgewicht und fiel mit ihrem Oberkörper gegen seine Brust. Der Mann fing sie auf und hielt sie fest, ohne ihr jedoch wehzutun.

»Danke!«, sagte sie und lächelte ihn an. Sie war überrascht, als er ihr Lächeln erwiderte.

»Kommen Sie! Wir haben nicht so viel Zeit und wir sollten auch nicht die Aufmerksamkeit der hier herumliegenden Strandbesucher auf uns ziehen. Ich habe versucht, ihren Chef in Deutschland zu erreichen, aber er hat weder im Büro noch zu Hause das Telefon abgenommen. Daher habe ich das Internet bemüht und festgestellt, dass Ihre Angaben stimmen. Ich möchte Ihnen die Gelegenheit geben, alles zu vergessen und so schnell wie möglich abzureisen. Sollten Sie jedoch an Ihrem Anliegen festhalten, sind Sie unserem System verpflichtet, mit allen Konsequenzen. Was das bedeutet, können Sie sich sicherlich vorstellen. Also?«

»Sie wissen, warum ich hier bin. Mir geht es allein um die mögliche Optimierung des Entnahmeverfahrens. Mehr nicht!«

»Und wie stellen Sie sich das vor?«

»Sie veranlassen, dass ich zur Entnahmestelle komme, von wo aus die Organisation Akim beliefert. Ich sehe mir das Verfahren an und gebe Auskunft, wie zum Beispiel die Operation als solche rationeller durchgeführt werden kann. Sie werden doch nicht verneinen wollen, dass es in der Chirurgie auch Fortschritte gibt. Und davon könnten doch auch die Ärzte bei Ihnen profitieren, oder? Dann kehre ich nach Deutschland zurück. So einfach ist das!«, sagte Laura mit fester Stimme. Der Mann schwieg eine Weile. Sie hatten einen fast menschenlehren Strandabschnitt erreicht, als der Mann urplötzlich sein Strandlaken zu Boden warf, Laura in seine Arme nahm und mit ihr wenige Schritte ins tief abfallende Wasser lief. Er tauchte kurz unter, Laura immer noch in seinen Armen festhaltend. Dann ging er wieder zum Strand zurück und setzte sie ab.

»Und was war das?«, fragte Laura erregt. Ihr nasser Bikini klebte an ihrer Haut. Das Oberteil war nach oben verrutscht und verdeckte nicht mehr ihre straffen Brüste.

»Legen Sie das Strandlaken um sich und ziehen Sie den Bikini aus.«

»Was? Was soll das denn? Wollen Sie mich demütigen?«

»Sie wollen doch was von mir, oder? Also geben Sie mir den Bikini, das Ober- und das Unterteil. In einer Minute können Sie sich wieder anziehen.« Laura verstand nicht, was das sollte. Sie fragte sich, was der Mann vorhatte. Sie wollte dem Mann aber nicht zeigen, dass sie Angst vor ihm hatte und zog den Bikini aus. Der Mann untersuchte das Ober- und Unterteil an den Gummizügen. »Hier bitte, ziehen Sie ihn wieder an. Nur zu Ihrer Information: Die Amerikaner haben Mini-Mikrophone erfunden, die sich auch leicht in einem Gummizug verstecken lassen. Deshalb musste ich sichergehen, dass Sie nicht verwanzt sind. Sie hätten es sicher nicht er-

laubt, dass ich die Untersuchung des Bikinis an Ihrem Körper vornehme. Und ins Wasser habe ich Sie untergetaucht, weil Wasser jegliche Elektronik beschädigt. Hören Sie, wenn Sie weitermachen wollen, dann müssen Sie mir vertrauen, so ulkig sich das auch anhört. Sie müssen ohne Fragen zu stellen das machen, was ich Ihnen sage. Sind Sie dazu in der Lage?«
»Ja!«
»Ganz sicher? Ohne Wenn und Aber?
»Ja!«
»Und wenn ich mit Ihnen schlafen will?«
Laura ahnte sofort, dass sie mit einer falschen Antwort alles vermasseln konnte. Sie hatte für sich entschieden, bis zum Letzten gehen zu wollen, um in Erfahrung zu bringen, wie diese Organ-Mafia funktioniert.
»Ja!«, sagte sie. »Wann immer Sie wollen, vielleicht gleich jetzt und hier?« Sie konnte sein Zögern nicht deuten und war erleichtert, als der Mann sie zum Weitergehen aufforderte.
»Nennen Sie mich John«, sagte er grinsend. »Sie haben sich bis jetzt wacker geschlagen. Aber nun Schluss mit der Prüfung. Ich wünsche, dass Sie zu mir ziehen. So habe ich Sie besser unter Kontrolle. Jeglicher Kontakt zu Laila oder Akim oder sonst wen ist strengsten untersagt. Sie müssen mir Ihr Handy übergeben und damit einverstanden sein, dass ich Ihr gesamtes Gepäck untersuche. Dann werde ich den Regional-Vorstand informieren und denen erklären, dass ich im Rahmen eines Überprüfungsprozesses den Ablauf und die Entnahme der Organe von einer Fachfrau begutachten lassen werde. Optimieren kann man immer, das wissen die da oben auch, und wenn dann noch Einsparungen möglich sind, why not? Die werden mir sagen, dass

ich für Sie verantwortlich bin. Wissen Sie, was das heißt?« Laura hatte keine Antwort parat. Ohne ihre Antwort abzuwarten, führte er weiter aus. »Das heißt, dass im Falle des Falles Sie und ich nicht mehr auf dieser Welt sein werden. Und dazu habe ich keine Lust. Haben sich mich verstanden?«
»Ja!«
»Gut! Dann holen wir jetzt Ihre Sachen und als erstes werden Sie mir Ihr Handy geben. Und dann weichen Sie nicht mehr von meiner Seite, solange ich Ihnen nicht etwas anderes sage. Es wird sicherlich bald losgehen.«
»Was wird losgehen?«
»Der Flug.«
»Wohin?«
»Das werden Sie nie erfahren. Im Flugzeug sind alle Fenster verdunkelt, und das ist auch gut so! Nun zu uns zwei beiden. Wenn das ganze Unterfangen Erfolg haben soll, dann müssen Sie mir vertrauen, voll und in jeglicher Hinsicht. Was ich damit meine, werden Sie noch früh genug erfahren. Werden Sie mir uneingeschränkt vertrauen?«
»Ja!«
»Gut so! Jetzt hören Sie zu. Dort, wo wir hinkommen, sind die Leute sehr argwöhnisch. Alles, was die nicht gleich verstehen oder einordnen können, weckt ihr Misstrauen. Und wenn die Bedenken haben, dann entledigen sie sich des Problems. Sagen Sie zu allem Ja und Amen und hinterfragen Sie nie etwas. Verstanden?«
»Ja!«
»Ich nenne Sie Laura, okay?« Es war eine rein rhetorische Frage. »Laura, Sie werden Fragen haben. Nur ich beantworte Ihnen diese Fragen. Und sollten Sie während des Tages etwas verdrängen, was Sie in der Nacht quält, so teilen Sie mir das

mit. Okay? Sie dürfen nicht übermüdet sein, Sie müssen stets auf der Hut sein. So, das war´s.« John fuhr einen alten, aber restaurierten Cadillac Eldorado Biarritz. Der hochpolierte rote Lack und das weiße Verdeck konnten auffälliger nicht sein. Er betrieb ein Fitness-Center mit einem exklusiven Hammam für gehobene Ansprüche und eine Nachtbar, zu der nur ausgesuchte Gäste Zutritt hatten. Auch hohe Regierungs- und Polizeibeamte besuchten seine Etablissements, so dass er sich vor nichts fürchten musste. Er hatte sich eine glaubwürdige Legende als Geschäftsmann und Lebemann aufgebaut. Seine Deckung war undurchlässig, fast perfekt; kein Mensch wusste, dass er eine führende Rolle im Organhandel spielte. Seine Aufgabe bestand darin, die Organisation in Marokko vor polizeilichen Ermittlungen oder sonstigen Infiltrationsversuchen abzuschotten. Als Akim ihn ansprach und von Lauras Wunsch erzählte, erkannte er eine gute Gelegenheit, praxisnah die Geheimhaltung aller Wege, die zur Organisation führen könnten, zu überprüfen.

Akim und Laila begrüßten sie von der Terrasse aus, als sie aus dem Wagen stiegen. John wollte, dass sie ihre gesamten Sachen einpackt. Laura wusste nicht, dass das eine Vorsichtsmaßnahme von John war, der verhindern wollte, dass für den Fall des „Verschwindens" von Laura mehrere Aufenthaltsorte von ihr gefunden werden und somit eine Spur zu ihm gelegt werden könnte. John wandte sich an Laila und bat sie, mit Laura seinen Hammam aufzusuchen und sie nach dem Fitra-Reinigungsgebot behandeln zu lassen. Bis zu ihrer Rückkehr wollte er hier im Hause warten und mit Akim noch so einiges durchsprechen. Laura stellte ihren Koffer und ihre Reisetasche im Flur ab und übergab John ihr Handy, nach dem er wieder verlangt hatte. Dann fuhren Laila und Laura zum Hammam. Auf dem Weg dorthin erfuhr Laura, dass Johns Vater ein Chinese aus Hongkong, seine Mutter eine in Marokko lebende Französin war und beide bei einem Flugzeugabsturz ums Leben gekommen sind. Sie hatten John genug Geld hinterlassen.

࿇

9. Teil

Es war vor drei Jahren, als Amadou zum ersten Mal den weißen Geländewagen sah, der in sein Dorf über die bis zur Dorfmitte abfallende sandige Piste kam. Zwei von den vier Männern, die aus dem Wagen stiegen, hatten lange weiße Kittel an. Die anderen zwei Männer trugen einen schwarzen Anzug und rote Krawatten zum weißen Hemd. Sie gingen gezielt auf die Hütte des Dorfältesten zu und betraten sie, ohne anzuklopfen. Nach nur wenigen Minuten kamen alle heraus, der Dorfälteste trommelte die Dorfbewohner zusammen und sprach auf sie ein. Die Männer des Dorfes nickten immer wieder, sie stimmten dem Dorfältesten nach fast jedem Satz zu. Die Frauen tuschelten leise untereinander. Sie waren aufgeregt. Die Männer mit den langen Kitteln holten aus dem Geländewagen zwei große Behälter und stellten sie nebeneinander auf den breiten Kühler des Wagens. Dann mussten sich die gesunden und kräftigsten Männer ab einem Alter von fünfzehn Jahren in eine Reihe stellen. Von einem der Männer im Kittel wurde einem nach dem anderen Blut in zwei Röhrchen abgezapft. Die Röhrchen wurden in eine Plastiktüte gelegt, die mit einer Nummer beschriftet wurden. Der Mann im Kittel sagte die Nummer laut an, der zweite Mann im Kittel tätowierte dann diese Nummer in Windeseile auf den Unterarm des Blutspenders. Als die Kühlboxen für die Aufbewahrung der Blutspenden voll waren, verließen die Männer das Dorf genauso schnell, wie sie gekommen waren.

Nur wenige Wochen danach kam derselbe Wagen wieder ins Dorf. Der Dorfälteste ließ den jungen

Mann rufen, der die von den Männern angegebene tätowierte Nummer hatte. Der junge Mann kam in die Hütte des Dorfältesten und wurde kurz von den Männern im weißen Kittel in Augenschein genommen. Er musste sich komplett ausziehen. Sie untersuchten ihn gründlich. Während der ganzen Prozedur wurde kein Wort gesprochen. Der Dorfälteste erhielt fünftausend amerikanische Dollar, in neuen 100$-Scheinen. Er nahm zehn Scheine aus dem Bündel und steckte sie in seine Hosentasche. Den Rest gab er dem jungen Mann, der ungläubig die vielen Geldscheine ansah und lächelte. Er übergab das Geld seinem vor der Hütte wartenden Vater. Dann fuhren die zwei Männer und der junge Mann weg.

Nach zwei Wochen kam er wieder. Er sah gut ernährt und gesund aus. Am Abend rief der Dorfälteste alle Bewohner zusammen. Der junge Mann musste ausführlich berichten und nicht nur seine schon gut verheilte lange Bauchnarbe zeigen, sondern auch das viele Geld, das er beim Verlassen des Krankenhauses bekommen hatte. Der Dorfälteste erklärte den Dorfbewohnern, dass er seinen eigenen Anteil an dem Geld - er deutete auf seine Hosentasche - in die Infrastruktur des Dorfes stecken werde, insbesondere um Brunnen und eine - wenn auch zunächst provisorische - Kanalisation zu bauen. Wenn weitere junge Männer mit Geld zurückkommen, wollte er seinen „Dorfältesten-Anteil" in die Landwirtschaft stecken.

Amadou bewachte eine kleine Herde Ziegen, als er am Horizont eine schnell auf ihn zukommende Staubwolke sah. Er wusste, dass sie wieder einen Mann aus dem Dorf abholen würden. Er trieb die

Herde in Richtung Dorf um zu sehen, wen sie denn jetzt mitnehmen würden.
Amadous Vater war überrascht und aber auch froh, dass nun sein Sohn für den Geldsegen in der Familie sorgen würde. Die mit weißen Kitteln bekleideten Männer untersuchten Amadou, übergaben die Anzahlungsrate und nahmen ihn mit.

Die Autofahrt dauerte nicht lange, bis sie zu einer asphaltierten Piste kamen, neben der ein kleines Haus mit drei Garagen stand. Das Fahrzeug wurde in eine Garage gefahren. Sie warteten bei Orangensaft und Datteln keine Stunde, als Amadou aus dem Fenster das landende Kleinflugzeug sah. Die Männer grinsten, als sie Amadous Aufgeregtheit wahrnahmen.

»Das hast du dir nicht träumen lassen, mit einem Flugzeug zu fliegen, oder?«, sagte einer der Männer. Amadou nickte nur, er war sprachlos und ließ seine Augen nicht mehr vom Flugzeug. Er schrie kurz auf, als die Maschine abhob. Wenig später landete die Maschine wieder. Ein Wagen holte sie ab und fuhr sie nach nur zehn Minuten in ein weißes Haus, das sie durch einen kleinen Hintereingang betraten. Amadou wurde sofort von einer netten Frau begrüßt, die ihn in sein Zimmer führte. Er war verblüfft, als er sein neues Gemach betrat: nie hatte er einen Fernseher oder einen mit Schokolade, Säften, Früchten und frischer Ziegenmilch gefüllten Kühlschrank gesehen. Amadou stürzte sich sofort auf die gekühlte Milch und trank die ganze Flasche aus. Dann musste Amadou sich von Kopf bis Fuß waschen und die neue Kleidung, die auf dem Bett lag, anziehen. Die Frau zeigte ihm, wie die Fernbedienung des Fernsehers zu bedienen ist und verließ das Zimmer, nachdem sie sich vergewissert hatte, dass Amadou die Nummer 14 auf dem Arm tätowiert hatte. Für Amadou war der Fernseher auf dem eigenen Zimmer eine Sensation. Er war beim ständigen Umschalten der Sender so aufgeregt, dass er völlig die Früchte und die ihm bis dahin unbekannte Schokolade vergas.

༺༻

10. Teil

Laura sagte sich immer wieder, dass sie Kompromisse schließen und so gut wie fast alles akzeptieren müsse, wenn sie ihr Ziel erreichen wollte. Nur einmal kam ihr der Gedanke, ihre Absicht fallen zu lassen und dem Vorhaben einen Punkt zu setzen. Sie konnte sich nicht erklären, welche Kraft sie trieb, ihre ungestillte Neugier befriedigen zu müssen.
Nach der Rückkehr vom Hammam speisten noch alle zusammen in der Küche. Akim hatte einen Gemüse-Auflauf und als Nachtisch Vanilleeis mit karamellisierten Orangen- und Zitronenscheiben zubereitet. John drängte, endlich aufzubrechen. Er fuhr mit Laura in seine Wohnung. Sie war erstaunt über die Größe und über die nach ihrem Befinden sehr stilvolle und hochwertige Einrichtung. John bat Laura, mit ihm ins Bad zu kommen. Dort holte er aus einem kleinen Kühlschrank zwei Spritzen heraus und zeigte sie Laura. Sie erkannte sofort, dass es Impfstoffe gegen Gelbfieber und Malaria waren.
»Die eine heute, die andere morgen. Okay?«
Laura hatte schon vorher festgestellt, dass John nach einem „Okay" von einer selbstverständlichen Zustimmung seines Gesprächspartners ausging. John bereitete zwei Gin Tonic vor und sparte nicht mit dem alkoholischen Teil des Getränks. Er reichte Laura ein Glas.
»Wenn wir unterwegs sind, dann gibt es zweimal pro Tag Gin Tonic. Der Gin, im Zusammenwirken mit dem Chinin im Tonic, wirkt Wunder. Setzen Sie sich, Laura. Wir sind jetzt schon ziemlich weit, aber

Sie können immer noch „Nein" sagen und abspringen. Wollen Sie das?«
»Nein!«
»Dann hören Sie gut zu. Die Organisation ist in zwei Teile gegliedert. Der Teil, den Sie sehen werden, ist die Umsetzungsebene. Da sind Leute beschäftigt, die übermäßig misstrauisch sind. Jeder Raum wird Video-überwacht und in jedem Raum ist ein Mikrophon versteckt. Also fühlen Sie sich nie sicher. Man sieht Sie und man hört Sie, wo immer Sie sich aufhalten. Nur auf den Toiletten selbst gibt es keine Überwachung. Sie werden ein Fremdkörper in dem Gefüge dort sein, genauso wie ich, wenn ich mal da bin. Man mag dort keine Eindringlinge. Also bewegen Sie sich nur und ausschließlich in meiner Begleitung, vierundzwanzig Stunden am Tag.«
»Wie soll ich das denn verstehen, vierundzwanzig Stunden am Tag?«
»Ganz einfach! Vierundzwanzig Stunden am Tag sind vierundzwanzig Stunden am Tag.«
»Wollen Sie damit sagen, dass wir in einem Zimmer schlafen?«
»Nicht nur in einem Zimmer, sondern auch in einem Bett! Die haben nur Zimmer mit französischen Betten. Wir haben noch Zeit, uns darauf einzustellen. Wir sind doch erwachsen, oder?«

Acht Tage später parkte John seinen Wagen auf einem abgelegten Parkplatz in der Nähe des Flughafenzauns. Laura stieg aus und nahm ihre Reisetasche von der Rückbank. Sie wunderte sich nicht, als John sie durch das offenstehende Tor, das sie bei ihrer Stippvisite am Flughafen entdeckt hatte, zu einem zweimotorigen Flugzeug führte. Der Pilot ließ die Motoren an, kaum hatten sie sich angeschnallt. Laura konnte während des Fluges nichts

sehen, die Fenster waren - wie von John vorhergesagt - verdunkelt. Nach zwei Stunden landeten sie sanft auf einem kleinen Flughafen, für Laura „mitten in der Wüste".
»Wo sind wir hier, John?«
»In BBM, was dir nichts sagen dürfte. Mit anderen Worten: in fünf Autominuten wären wir in Mali, in einer Flugstunde über das Staatsgebiet Nigers und im Moment stehen wir in einem anderen Land. Bitte frage jetzt nicht weiter. Wir müssen in den Wagen steigen, der da angefahren kommt. Man erwartet uns, und wir sollten die Leute nicht unnötig warten lassen.«
Nach wenigen Minuten erreichten sie ein weißes, alleinstehendes Haus, hinter dem sich die „Skyline" einer kleinen Stadt erstreckte. Vor dem Haus standen drei in weiß gekleidete Wachleute, deren Bewaffnung mit einer Maschinenpistole und einer Pistole unübersehbar war. Der kleine Vorgarten des Hauses war mit Rosenbäumchen gärtnerisch gekonnt angelegt. An der Hauswand links vom Eingang war ein großes Marmorschild angebracht, die Inschrift in goldener Farbe war nach Lauras Geschmack in zu großen Buchstaben gefasst. Laura blieb stehen und las:

Die Ausbeutung des menschlichen Körpers
ist ein sehr reelles Risiko.
Die Beschaffungslücke gab Anlass
für die Entwicklung von Märkten
für den Kauf und Verkauf von Organen.
Die Verhütung der Ausbeutung des Armen und
des Verletzbaren sollte eine Aufgabe aller Staaten sein.
(Auszug, WHO, Genf 2007)

Sie war gespannt auf das, was sie hier erwarten würde. Eine aparte junge Frau im weißen Kittel begrüßte die Ankömmlinge freundlich und geleitete sie in das Zimmer des Managers.

»Der Manager kommt gleich. Bitte nehmen Sie doch Platz«, sagte die junge Frau und verließ das Zimmer, ohne die Tür hinter sich zu schließen. Es dauerte nur wenige Augenblicke, bis der Manager hineinkam. Laura konnte die in dem Gesicht gemeißelte Rücksichtslosigkeit, Brutalität und Skrupellosigkeit dieser in ihren Augen seelenlosen Kampfmaschine sofort erkennen.

»Guten Tag! Bitte bleiben Sie sitzen. John wird Ihnen erzählt haben, an welche Vorgaben Sie sich zu halten haben. Also richten Sie sich danach, und Ihr Aufenthalt wird ohne Probleme ablaufen. Ich erhoffe mir, dass Sie uns praktikable und hilfreiche Vorschläge unterbreiten werden.«

»Das ist der Sinn meines Kommens«, erwiderte Laura ohne zu vermeiden, Arroganz in ihre Stimme zu legen. »Ich gehe davon aus, dass ich mich hier frei bewegen kann.«

»Natürlich können Sie das, in Johns Begleitung. Ich möchte Sie nur stets in Johns Begleitung sehen. Bitte halten Sie sich daran. Ich habe für Sie und John die kleine Suite im Erdgeschoss reservieren lassen. Von dort aus können Sie sehr gut den OP-Trakt im Keller und die Unterkünfte der Patienten im Obergeschoss erreichen.«

»Sagten Sie eben „Patienten"?, fragte Laura.

»Offiziell sind wir hier ein spezialisiertes Privatkrankenhaus. So treten wir nach außen auf und verhalten uns auch so nach innen. Dann kann nichts schief gehen.«

»Das habe ich verstanden«, sagte Laura und versuchte dem Manager dabei glauben zu lassen, dass sie sich nach seinen Vorgaben richten werde.

Die kleine Suite war eingerichtet wie ein Krankenzimmer, an dem sich eine kleine Sitzecke anschloss. Eine Flügeltür gab Zutritt zu einer Terrasse mit zwei Liegestühlen und einem flachen Beistelltisch. Auf der Minibar, die mit Säften und Tonic Water gefüllt war, standen zwei Flaschen Gin. John bereitete zwei Gin Tonic zu. Als sie ausgetrunken hatten legten sie sich aufs Bett. Laura schloss die Augen und schlief sofort ein. Auch John nickte kurz ein, bis ihn eine lautstarke Unterredung auf dem Flur weckte. Er identifizierte eine Stimme als die der Chefchirurgin, mit der er seit drei Jahren regelmäßig Poker spielte, wenn er sich hier aufhielt. Die andere Stimme war die des Managers. Er wusste, dass die Suite video-überwacht wird und er sich streng nach der vorgegebenen Devise „Nice to know or need to know" zu verhalten hatte. Er versuchte so viel wie möglich von dem Gespräch aufzuschnappen, aber die Stimmen der Diskutanten auf dem Flur wurden immer leiser. Die wenigen Worte, die er verstanden hatte, ließen darauf schließen, dass der Manager die Vorgehensweise in einem konkreten Fall verändern wollte. Die Chefchirurgin hatte ihn auf die mit dem Vorstand nicht abgesprochenen tragischen Konsequenzen dieser Entscheidung lauthals hingewiesen.

Abends beim unerwartet exquisiten Essen in der kleinen Kantine erhielten sie vom Manager die Nachricht, dass am nächsten Tag eine Nieren-Entnahme auf dem Plan stünde. Laura bat, mit dem Spender vorab sprechen zu können und sich die

Untersuchungsergebnisse ansehen sowie einen Vergleich mit den Daten des Empfängers vornehmen zu dürfen. Der Manager, der ausschließlich für den reibungslosen Ablauf der Organentnahmen, für die „Sicherheit" des Hauses und für das gute Funktionieren des Personals zuständig war und von Medizin und Laboruntersuchungen so gut wie nichts verstand, willigte ein. Ohne jegliche Regung teilte er mit, dass die Lieferung für Paris vorgesehen sei und Akim somit den Transport des Organs durchführen würde. Er wollte Akim bitten, Lauras Chef, der die Lieferung in Marokko wie gewöhnlich in Empfang nehmen wird, aufzufordern, mit ihm Verbindung aufzunehmen. Auf seinen weiteren Hinweis, dass er Lauras Chef nicht habe erreichen können, weil dieser offenbar schon unterwegs nach Paris zwecks Abstimmung mit dem Krankenhaus sei, schauderte es Laura. Sie wusste, dass das der Anfang von ihrem Ende sein könnte. Sie musste irgendwie verhindern, dass ihr Chef von ihrem Aufenthalt hier erfährt. Sie konnte nur hoffen, dass Akim die Situation richtig einschätzt und einen Weg findet, den Auftrag des Managers zu verschleppen. Sie wusste, dass sie sich beeilen musste. Sie wusste, dass sie John auf ihre Seite ziehen musste. Sie wusste, dass sie an einen Fluchtweg denken musste.

Am nächsten Morgen besuchte sie mit John und einer Dolmetscherin den Spender. Es war ein hübscher, gut gebauter junger Mann. Er hatte nur einen kurzärmeligen OP-Kittel an. Die auf seinem Arm eintätowierte Nummer 14 war gut sichtbar. Laura stellte sich und John vor und sagte, was sie wollten. Der Junge ließ sich anstandslos von Laura auf sein allgemeines Körperbefinden untersuchen. Laura

erfuhr von der eher unfreundlichen Dolmetscherin, dass der Junge sich nur als „Nummer 14" vorstellen durfte und aus einem nicht so weit entfernten Dorf komme. Der Junge berichtete von sich aus, dass er eine großzügige Anzahlung erhalten habe und den Rest des Geldes bei seiner Rückreise bekommen würde. Laura hörte aufmerksam zu und nahm die Patientenakte, die auf dem Abstelltisch neben dem Bett lag. Sie erkannte, dass alle Untersuchungen mehrfach durchgeführt wurden, auch die Blutuntersuchungen. Sie stellte fest, dass eine nahezu perfekte Übereinstimmung der Merkmale der Gewebetypen von Spender und Empfänger ermittelt wurde und beide über identische Blutgruppen verfügten. Laura war beeindruckt. Der Manager kam hinzu und übergab dem Jungen die zweite Hälfte des Geldes. Zu Laura gewandt sagte er, dass für die Organisation die Qualität an aller höchsten Stelle steht und die Spender mit der Zahlung vor dem Eingriff motiviert werden sollen, damit auch deren Psyche zu einem gesunden Gesamtbefinden beiträgt. Dann bat er Laura, im Dienstzimmer vor dem OP-Trakt die Transportmodalitäten zu prüfen und insbesondere auf die Transportzeiten zu achten, um mögliche Optimierungen herauszufinden.
Eine Krankenschwester kam hinein, um Nummer 14 für die Operation vorzubereiten. Der Manager begleitete Laura und John bis zu dem besagten Dienstzimmer und meinte, dass Laura, diesmal aber ohne John, an der Operation ruhig teilnehmen könne. Laura hatte ihn durchschaut und wusste, dass er von ihr so schnell wie möglich Optimierungsmöglichkeiten hören wollte, um diese dann als die seinigen weitergeben zu können.
Laura warf einen Blick auf die Transportzeiten. Zwischen der Entnahme hier und der Übergabe an

ihren Chef in Marokko lagen maximal nur fünf Stunden. Sie rechnete die Wartezeit am Flughafen in Marokko und die Flugzeit nach Paris sowie den Transfer bis zu dem dortigen Krankenhaus hinzu und kam auf circa zehn Stunden. Sie erkannte, dass das ganze „Geschäft" minutiös durchdacht abläuft. Nur wusste sie noch nicht, wo in Paris die Transplantationen vorgenommen werden. Dann begab sich Laura in den Vorbereitungsraum und wusch sich das Gesicht, die Arme und die Hände. Sie bürste sich die Fingernägel und ließ sich beim Anziehen des OP-Kittels helfen. Die Chefchirurgin begrüßte sie im OP-Saal und bat sie, sich im Hintergrund aufzuhalten. Sie sollte sich aus der OP heraushalten, also nur beobachten. Laura wunderte sich, dass die Anästhesistin keine Blutkonserven bereitgestellt hatte und wollte dies als einen wesentlichen Kritikpunkt in die Liste ihrer Bemerkungen/Vorschläge aufnehmen. Dann kam Nummer 14 herein, zu Fuß. Er wurde auf den OP-Tisch gelegt und bekam von der Anästhesistin eine Beruhigungsspritze. Laura hatte schon den zweiten Punkt für ihre Liste, denn durch das Hineinspazieren des zu Operierenden war der OP-Saal nicht mehr steril. Sie bemerkte einen zweiten, an das Stromnetz angeschlossenen Transport-Kühlbehälter für Organe, der auf einem Tisch in der Nähe des Instrumentenschranks stand. Sie wunderte sich, denn von einer zweiten Operation hatte man ihr nichts gesagt.

Der Manager kam in den Vorraum herein und blickte durch das große Fenster zu der Chefchirurgin. Er gab ihr Zeichen herauszukommen. Sie kam diesem Befehl sofort nach, schloss die Verbindungstür hinter sich und fing eine eifrige Diskussion mit dem Manager an. Sie stritten, wie alle im OP-Saal bemerkten. Nummer 14 gab einen Seufzer von sich und die Assistenzärztin bat die Anästhesistin, dem Patienten jetzt die volle Narkose zu geben. Laura näherte sich ein wenig dem Narkosegerät und sah, wie die Anästhesistin am Gerät die Mischung aus Sauerstoff und Lachgas lebensgefährlich falsch einstellte. Laura wagte, die Anästhesistin anzusprechen, was der Manager aus dem Augenwinkel beobachtet hatte. Er öffnete die Tür zum OP-Saal und schrie Laura an, sie sollte sich gefälligst heraushalten, die Leute ihre Arbeit machen lassen oder eben den OP-Saal verlassen. Die Chefchirurgin betrat wieder den OP-Saal und nickte den anwesenden Ärzten zu. Laura verstand nicht, was das Nicken bedeuten sollte und interpretierte es als Zeichen des Beginns der OP. Sie hatte Bedenken, ob die Chefchirurgin so kurz nach der Auseinandersetzung mit dem Manager in der Lage war, die OP kunstgerecht durchzuführen.

»Ist er weg?«, fragte die Chefchirurgin.

»Er wacht nicht mehr auf!«, antwortete die Anästhesistin und hantierte an den Gerätschaften.

Laura spürte das Unwohlsein aller Anwesenden im OP. Die ganze Arbeitsatmosphäre schien gespannt zu sein. Sie führte ihre Empfindungen auf die Auseinandersetzung zurück und sah zu, wie das OP-Team gekonnt die linke Niere von Nummer 14 entfernte. Die Assistenzärztin legte die Niere in den Transportbehälter, der auf einem hohen Beistelltisch zur OP-Liege stand. Dann ging sie in den Vorraum und stellte den Behälter auf eine Kommode. Während dieser Zeit blieb die Chefchirurgin tatenlos. Laura war verwundert, denn auch ohne Assistenz hätte die OP fortgesetzt und erste Schritte für das Zunähen eingeleitet werden können. Laura räusperte sich und fragte, ob sie einspringen

121

sollte, solange die Assistenz nicht da ist. Die Antwort, die sie bekam, erinnerte sie an die Drohung des Managers, den Saal verlassen zu müssen. Dann wurde die Operation fortgesetzt. Die Ärztinnen hatten sich so positioniert, dass es Laura unmöglich war, das weitere Vorgehen zu verfolgen. Plötzlich zeigte ein allen Operateuren bekanntes akustisches Warnsignal an, dass der Patient „verloren" gehen könnte. Laura war hoch angespannt und bereit, gegen alle Verbote dennoch einzugreifen, um den Patienten wieder zu stabilisieren. Die operierenden Ärztinnen ließen sich von den Warnsignalen nicht beirren und machten in aller Ruhe weiter.

»Wir sind so gut wie fertig. Stellen Sie die Geräte ab, alle!«, sagte die Chefchirurgin zur Anästhesistin. Laura wollte aufschreien, als die Chefchirurgin Amadous zweite Niere in den Händen hielt und um den anderen Koffer bat. Die Assistenzärztin nahm ihr die Niere ab und legte sie in den zweiten Transportbehälter.

»Das ist Mord!«, schrie Laura. »Das ist Mord und Sie alle hier haben diesen jungen Mann umgebracht! Was soll das? Wieso haben Sie diesen Jungen umgebracht?«, brüllte Laura. John hatte vor dem Vorraum gewartet und hörte die voller Erregung kreischende Stimme von Laura. Trotz des Verbotes, den Vorraum betreten zu dürfen, ging er hinein und sah Laura, wie sie die Chefchirurgin an den Schultern schüttelte. Er eilte zu Laura und bugsierte sie mit sanfter Gewalt nach draußen. Der von einem Pfleger alarmierte Manager trampelte um die Ecke und kam auf John und Laura zu.

»Nun seien Sie still und grölen hier nicht herum. Ja, d´accord, ich hätte Ihnen vielleicht sagen sollen, dass wir eine weitere Bestellung haben und die Daten von Nummer 14 genau passen. Deshalb habe

ich mich für eine Doppelentnahme entschieden, da wir im Moment keinen anderen geeigneten Spender haben. Kapiert?«
»Wie auch immer, Sie haben diesen Jungen umbringen lassen. Ist das hier eine Mordanstalt, oder was?«, keifte Laura.
»Hören Sie mir mal gut zu. Wenn Ihnen irgendetwas nicht passt, dann können Sie sofort zurückfliegen. Verstanden? Wir sind kein Wohltätigkeitsunternehmen. Wir wollen Geld verdienen und diese zweite Niere bringt uns satte hundertzwanzigtausend Dollar. Verstehen Sie, was ich Ihnen sage? Hundertzwanzigtausend Dollar! Und die Familie des Jungen bekommt das ihr versprochene Geld und ist dann zufrieden gestellt. Also, alles läuft seinen Weg. Und wenn Sie, liebe Frau Doktor, aus der Spur tanzen, dann werden wir Ihnen sehr schnell zeigen, wo es lang geht. Also beherrschen Sie sich und trinken Sie heute Abend einen Gin mehr. Morgen ist dann wieder alles in Ordnung. Ach ja! Vergessen Sie nicht, warum Sie hier sind. Ich will Ergebnisse«, sagte der Manager, ohne jeglichen Zweifel daran zu lassen, dass er es sehr ernst meint.

Laura war so aufgewühlt und wütend, dass sie nichts essen konnte. Sie saß mit John schweigend auf der Terrasse und trank einen Gin Tonic nach dem anderen. Laura dachte kurz daran, zu fliehen. Sie wusste, dass Akim in der Nähe sein wird, denn er musste ja die zwei Nieren mit dem Flugzeug abholen. Sie erkannte, dass sie stark alkoholisiert und nicht mehr in der Lage war, irgendetwas zu unternehmen. John wartete einen günstigen Moment ab, um Laura ins Bett zu bringen. Kaum hatte er ihr die Schuhe ausgezogen, fing sie leise zu schnaufen an.

Sie war eingeschlafen. John verließ das Studio und steuerte auf das Büro des Mangers zu. Noch bevor er klopfen konnte, öffnete der Manager die Tür. Er hatte ihn auf seinem Monitor, von dem aus er den Flur vor seiner Bürotür überwachen konnte, kommen sehen.

»Hinein mit Ihnen. Wir müssen sprechen«, sagte er und zog John am Ärmel in das Zimmer. »Ich wusste es. Es ist nicht gut, Außenstehende aus welchem Grund auch immer hier her zu holen. Wir machen bislang unsere Arbeit zur vollsten Zufriedenheit unserer Bosse. Ich befürchte, dass ich Ärger bekomme, wenn diese Frau wieder in ihren Gefilden ist und zu plappern anfängt. John, wir dürfen nichts riskieren, sonst sind wir dran. Sie kennen die Vorschriften und Sie kennen die da oben. Die machen uns einfach kalt. Austauschbar bis ins letzte Glied sind wir allemal.«

»Nein! Ich sehe das ein wenig anders. Nicht nur meine Begleitung war entsetzt. Es gab ja noch andere, die gegen die doppelte Entnahme waren, die zwangsläufig den Tod des Patienten nach sich zieht. Ich glaube, Sie haben einen Fehler gemacht«, erwiderte John.

»Was für einen Fehler? Ich habe keinen Fehler gemacht!«

»Oh, doch! Die da oben sind nichts Weiteres als der Kopf einer Organ-Mafia. Es gibt noch weitere Organhändler-Organisationen, die mangels anhaltender Zuverlässigkeit nur kurze Zeit überleben. Unsere obersten Lenker aber verfolgen eine Politik, die sicherstellt, dass die Geschäfte reibungslos mehrere Jahre funktionieren können. Verstehen Sie, was ich meine?«

»Nein!«

»Die da oben haben den Laden so organisiert, dass der Ruf der Organisation der beste von allen Organhändlern ist. Unser Auswahlsystem und die von uns angebotene Qualität der Organe, keine andere Organisation kann beides übertreffen. Das spricht sich in den Fachkreisen herum und ist ein Meilenstein des lukrativen Geschäfts unserer Organisation. Bislang lief hier alles nach diesem Schema ab, dank auch Ihrer Arbeit. Ein weiterer Meilenstein für den Erfolg der Organisation ist der Fakt, dass wir seitens der Spender nichts zu befürchten haben. Wir haben im Gegensatz zu den anderen keine Unfreiwilligen, keine zum Tode Verurteilten, kein Häftlinge als Spender. Wir haben ausgesuchte Spender, die auf Herz und Nieren untersucht wurden und die nach der Entnahme in guter Gesundheit und mit einem Batzen Geld in der Tasche zu ihrer Familie zurückkehren. Das ist sehr klug und eine Garantie für die Fortführung der extrem profitablen Geschäfte. Was bleibt, ist, dass dieses Geschäft nicht legal ist, weil sich nur Reiche dieser Möglichkeit bedienen können und die nicht betuchten Leute auf die Warteliste kommen und sich gedulden müssen, oftmals mit tragischem Ende«, sagte John, tief Luft holend.

»Ja, das ist überzeugend! Ich bin es wohl, der einen Fehler gemacht hat. Ich dachte nur an meine Zahlen. Ich habe gegen die Regeln verstoßen, das sehe ich ein. Nun liegt es an Ihnen, ob die da oben etwas davon erfahren. Den Jungen entsorgen wir, wie wir die wenigen anderen, die eine OP nicht überstanden haben, entsorgen. Das ist kein Problem. Gedanken mache ich mir aber über Ihre Begleitung. Was, wenn diese Frau den Mund nicht halten kann? Ich könnte sie auch verschwinden lassen. Dann wäre ich aus dem Schlamassel heraus.«

»Nichts überstürzen! Ich denke mir etwas aus. Um meine Begleitung kümmere ich mich schon. Ich sage Ihnen morgen, was möglich ist.« John eilte ins Studio zurück, zog sich aus und legte sich neben Laura ins Bett. Dabei bemerkte er, dass sie nur mit einem seidenen Höschen und Hemdchen bekleidet war. Wirre Gedanken, ein Verlangen nach Sex aber auch Angst ließen John nicht einschlafen. Er wusste, dass er - wie in allen anderen vergleichbaren Situationen, in denen eine Gefahr aufgekommen war - eine schlaflose Nacht vor sich haben würde. Er sah Laura leidenschaftlich an, aber hielt sich an der mit ihr geschlossenen Abmachung, während der ganzen Aktion gegenseitige Emotionen und Gefühle, Verlangen und Triebe nicht auszuleben. Er erinnerte sich an Lauras Kurzvortrag, mit dem sie ihn zu dieser Abmachung verleitet hatte. Er grinste, gab ihr einen Kuss auf die Wange und deckte sie behutsam zu. John dachte über den Tag nach und fragte sich, ob er nicht etwas übersehen hatte. Er empfand immer mehr Sympathie für diese Frau, die unerschrocken ihren Weg geht, wissend, dass sie jederzeit auffliegen könnte. John nahm sich noch einen Gin, diesmal pur, und dachte über die letzten Aussagen des Managers nach. Er wusste, dass dieser sich längst entschieden hatte, bei nächster Gelegenheit Laura spurlos verschwinden zu lassen. John war über sich selbst erstaunt, Lauras Schicksal über die Regeln der Organisation zu stellen. In einem anderen Fall hätte er sich über das Schicksal einer Mitwisserin, die zu einer Gefahr für die Organisation geworden ist, keine Gedanken gemacht. Er kam zu dem Schluss, dass die eigenmächtige Entscheidung des Managers, dem Spender gleich zwei Nieren entnehmen zu lassen - und damit bedingt seinen sicheren Tod anzuordnen - zu einem

Umschwung seiner eigenen Denkweise geführt hatte. John wusste, dass er den Fehler des Managers ausnutzen musste, um Laura insbesondere hier in der Höhle des Löwen zu beschützen. Sein Beschützerinstinkt ließ ihn für einen Moment daran denken, seine Abmachung mit Laura zu brechen. »Warum brechen? Vielleicht will sie es ja auch?«, sagte ihm seine innere Stimme. John lächelte erst über sich selbst, dann wich seine euphorische Stimmung. Ihm fiel wieder ein, dass die Suite und gezielt das im Mittelpunkt stehende Bett per Video überwacht werden.

Um sieben Uhr morgens summte Johns Handy-Wecker. Er stieg langsam aus dem Bett und torkelte ins Bad. Als er fertig war, schlich er aus dem Zimmer und kam mit zwei Bechern Kaffee wieder zurück. Laura war unter der Dusche. Er machte die Badezimmertür einen Spalt auf und rief Laura zu, dass er einen Muntermacher mitgebracht habe. Laura eilte aus der Dusche, trocknete sich ab und kam nackt ins Zimmer. John hatte die zwei Becher abgestellt, sonst wären sie ihm aus der Hand geglitten. Er verstand nicht, was das sollte. Laura kam auf ihn zu, umarmte und küsste ihn und trank einen Becher leer. Dann ging sie wieder auf John zu, umarmte ihn und flüsterte ihm ins Ohr, dass sie mit ihrem Auftreten die Leute hier irritieren und dadurch Zeit gewinnen wolle, weil sie sich der Folgen des gestrigen Tages bewusst geworden sei. Sie konnte nicht ahnen, dass sie mit ihrer Annahme ins Schwarze getroffen hatte: der Manager, der sich wie jeden Tag früh morgens im Überwachungsraum aufhielt, konnte das, was er gerade auf dem Monitor sah, nicht einordnen und so sehr er sich auch anstrengte, aus Lauras Flüstern auch nicht nur eine Silbe aus dem Lautsprecher verstehen. Die Hauptfrage, die er sich stellte, war, welche Rolle John spielte. Er wollte eine Antwort auf die Frage, ob John von dieser Frau nur überrumpelt wurde oder ob er gekonnt ein doppeltes Spiel trieb. Er gab Befehl, alles was John und die Frau betrifft, schwerpunktmäßig zu überwachen und alles aufzuzeichnen, was aufzuzeichnen war. Dann rief er den Hauptmann der Wachleute zu sich und erteilte ihm die Order, die zwei „Saubermacher" zu rufen. Er hatte großes Vertrauen in seine „Saubermacher", die er für jede schmutzige Arbeit riefen ließ. Sie hatten nicht allzu viele Aufträge auszuführen, aber die, die sie ausführten, machten sie perfekt.

Der Manager ließ John rufen. Er wollte von ihm wissen, was er sich ausgedacht hatte.

»Sehen Sie, wenn irgendetwas mit der Frau passiert, würde zwangsläufig jemand recherchieren und somit Wirbel aufwerfen. Das sollten wir vermeiden. Für eine Aktion Ihrer „Saubermacher" ist immer Zeit, so dass keine Not besteht, unverzüglich etwas zu unternehmen. Wir, und damit meine ich auch Sie, wir sollten vorsichtig vorgehen. Die Sache von gestern hat auch die Gemüter des übrigen OP-Personals erhitzt. Ich schlage daher vor, zunächst Ruhe in die Sache zu bringen. Reagieren können wir, wann immer wir wollen.«

»Sie mögen Recht haben. Gedulden wir uns also ein wenig. Was schlagen Sie konkret vor?«

»Wir machen ganz normal weiter. Meine Begleiterin wird ihre Aufgabe hier erfüllen und zum Vorteil des hiesigen Ablaufs Ihnen Vorschläge unterbreiten. Um aber auch Ruhe beim übrigen Personal wieder einkehren zu lassen, sollten wir das tun, was wir ohne diesen Zwischenfall getan hätten.«

»Was meinen Sie? Ich verstehe Sie nicht!«, fragte der Manager ungeduldig.
»Wenn alles reibungslos gelaufen wäre, würde doch die Nummer 14 wieder dort zurückkehren, woher sie gekommen ist, oder?«
»Ja, natürlich. Ich verstehe aber immer noch nicht!«, fauchte der Manager.
»Das ist doch nicht so kompliziert. Wir wollen doch Ruhe im Gebälk, oder? Also muss die Familie von Nummer 14 zeitnah informiert werden, dass es einen schicksalshaften Unglücksfall gegeben hat. Auch sollte der Familie die zweite Hälfte des Geldes ausgezahlt werden. Denken Sie daran, dass Ihr oberstes Ziel sein muss, Normalität einkehren zu lassen. Wir sind doch auf die übrigen, von uns unter erheblichen Aufwand untersuchten und katalogisierten Spender des Dorfes weiterhin angewiesen. Wenn für die Nummer 14 kein Geld fließt, dann wird es Schwierigkeiten mit den anderen Nummern geben. Und noch mehr Schwierigkeiten sollten wir uns nicht aufhalsen. Das kann für jeden von uns ins Auge gehen.« John erkannte am Gesichtsausdruck des Managers, dass er gewonnen und zumindest für die nächsten Tage dessen Aktionismus gestoppt hatte.
»Das ist gut!«, sagte der Manager. »Das gefällt mir sehr gut! Wie sollten wir vorgehen?«
John atmete durch. Das „wir" zeigte ihm, dass er wieder das volle Vertrauen des Managers genoss. Dass John Laura umarmt hatte, schien er vergessen zu haben.
»Mein Vorschlag ist, dass wir – und damit meine ich mich und meine Begleiterin - heute Nachmittag, nachdem unsere Frau Doktor Ihnen ein paar Optimierungsvorschläge unterbreitet hat, in Richtung Heimatdorf von Nummer 14 aufbrechen. Sie kann

dann die traurige Mitteilung überbringen und ich kann das Geld übergeben. Damit hätten wir das Kapitel um Nummer 14 abgeschlossen. Dann kommen wir zurück und lassen meine Begleitung an der einen und anderen Operation mitmachen. Wir sollten sie richtig einbinden und sie somit in die Verantwortlichkeit immer stärker einbeziehen. Damit hätten wir dann auch eine weitere Ärztin in den Händen. Ich meine, dass Sie ein gutes Bild abgeben, bei unseren Oberen, wenn Sie denen eine neue ärztliche Kraft melden, die überall einsetzbar ist.«
»Das ist gut, was Sie da sagen. Machen Sie das so, John. Ach ja, wegen der Ungeziefer und der Stechmücken ist es besser, dass Sie und die Ärztin Anzüge tragen«, sagte der Manager und rief den Hauptmann der Wachleute zu sich. In Gegenwart von John erteilte er die Weisung, die „Saubermacher" wieder nach Hause zu schicken und alles, einschließlich mehrerer Tarnanzüge für John und seiner Begleiterin bereit zu stellen. John wusste, dass er dem Manager nicht trauen konnte. Der Manager war ein Mann mit mehreren Gesichtern, ein Mann, der von Klugheit nicht beseelt war. Seine Vorstellungskraft neigte dem Nullpunkt zu, umso mehr er überfordert war. Für John ging alles ein wenig zu schnell und er kam von dem Gedanken nicht los, dass der Manager ihn nur beruhigen und in Sicherheit wiegen wollte, obwohl er einen ganz anderen Plan hatte.
John öffnete die Tür zur Suite und sah Laura auf der Terrasse. Sie kam auf ihn zu und lächelte ihn an.
»Wir sollten etwas zu uns nehmen, bevor wir anfangen«, sagte Laura.
»Ja, ich habe richtig Hunger. In der Kantine sage ich dir dann, was der Manager entschieden hat.

Aber bevor wir gehen, bitte ich dich, im Bad meine Rückenmuskulatur unter warmem Wasser zu massieren. Ich glaube, ich habe mir eine Zerrung eingefangen, die sich gewaschen hat.«
»Wenn es nicht mehr ist«, sagte Laura. »Oberkörper ganz frei machen, oder besser bis zur Unterhose ausziehen. Es könnte etwas nass werden, junger Mann«, erfreute sie sich und forderte John mit einer Handbewegung auf, ins Badezimmer zu gehen. Laura zog sich sichtbar für die von John und ihr längst entdeckte Kamera bis zur Unterwäsche aus und behandelte fachmännisch Johns Rücken. Das Geräusch des fließenden Brausewassers übertönte jedes Wort ihres Gespräches. Laura wusste jetzt, worum es ging. Es ging um ihr Leben und vielleicht auch um das von John. Es ging ums nackte Überleben.

John und Laura meldeten sich beim Manager ab, der von Lauras ersten Verbesserungsvorschlägen begeistert war, würden diese bei einer Umsetzung viel Geld einsparen. Sie fuhren bis zum Flughafen und bestiegen eine kleine einmotorige Maschine. Innen war nur Platz für vier Passagiere. Der Pilot war ein mit einer Einheimischen verheirateter Franzose, der sein Metier beherrschte. John und Laura merkten das Aufsetzen auf der asphaltierten Piste bei der Landung kaum. Nur das starke Abbremsen deutete darauf hin, dass die Piste kurz sein musste. John hatte die Schlüssel eines Geländewagens bekommen und sollte selbst die Strecke bis zum Dorf von Nummer 14 fahren. Er hatte sich den Weg dorthin gut gemerkt, als der Hauptmann der Wächter ihm auf einer Straßenkarte den kürzesten Weg zeigte.

John fuhr los, stellte das Radio an und die Lautstärke auf leise. Nach zehn Minuten hielt er hinter einem Hügel an, stellte den Motor ab und signalisierte Laura, still zu sein. Laura schaute ihn verwundert an. John signalisierte ihr erneut, still zu sein. Es dauerte keine fünf Minuten. Deutlich erkannten beide die Stimme des Managers aus dem Lautsprecher im Armaturenbrett.
»John, was ist los? Warum halten Sie?«
»Hier ist John. Ich höre Sie ganz schlecht. Bitte wiederholen Sie.«
»Verdammt, nochmal! John, warum haben Sie angehalten?«
»Ich wiederhole: Hier ist John und ich verstehe kaum ein Wort. Die Übertragung muss gestört sein. Ich werde jetzt weiterfahren und dann versuchen, eine Verbindung aufzubauen. Ende.«
John stieg aus dem Wagen, öffnete die Motorhaube, riss ein Kabel aus einem kleinen Aggregat und schaltete das GSM-Modul aus, um sicherzugehen, dass eine Positionsbestimmung des Fahrzeugs nicht mehr möglich ist. Er erklärte Laura, dass jedes Fahrzeug mit einem GPS und einer Abhöranlage ausgerüstet ist. Er wollte vermeiden, dass ein unvorsichtiges Wort im Fahrzeug dem Manager Veranlassung gibt, seine „Saubermacher" loszuschicken.

Sie erreichten das Dorf von Nummer 14 als die Sonne langsam hinter dem Horizont verschwand. Ein Baulastwagen mit einer Bohreinrichtung stand vor der Einfahrt des Dorfes. Der Fahrer, ein vollbärtiger mürrischer Mann, war mit dem Vorderrad beschäftigt, als John anhielt und nach der Hütte des Dorfältesten fragte. Er hatte Glück, denn der Fahrer sprach fließend Französisch. John wusste, dass es Sprachschwierigkeiten mit den Dorfbewohnern geben wird, die nur ihre eigene Landessprache oder Dialekt sprechen. Er ging davon aus, dass der Fahrer die Sprache der Dorfbewohner beherrscht und fragte ihn, ob er ihnen beim Übersetzen behilflich sein könnte. John zog einen Geldschein aus der Hosentasche, bei dessen Anblick der bärtige Fahrer grinste und eifrig nickte. Er führte sie zur Behausung des Dorfältesten und betrat diese, ohne sich anzukündigen. John und Laura warteten draußen. Nicht eine Sekunde später kam aus der Hütte lautes Geschrei zweier Männer. Die männlichen Dorfbewohner, die den Fahrer und John mit Laura seit Betreten des Dorfes nicht aus den Augen gelassen hatten, strömten zu der Hütte. Der Fahrer kam heraus, mit erhobenen Händen. Hinter ihm der Dorfälteste mit einem Gewehr im Anschlag, der den Männern, die sich vor der Hütte versammelt hatten, Weisungen erteilte. Der Fahrer wurde - von fünf Männern eskortiert - zu seinem Wagen begleitet und kam der Aufforderung, das Dorf zu verlassen, sofort nach. Die fünf Männer kamen erst zurück, als sie die Rücklichter des Bauwagens nicht mehr sahen. Solange wartete auch der Dorfälteste, bis er John und Laura mit dem Gewehr Zeichen gab, in die Hütte zu gehen. Drinnen saßen eine Frau und zwei junge, sehr niedliche Mädchen. Der Dorfälteste kam als letzter herein, lehnte sein Gewehr an die Wand zum Schlafgemach und forderte John und Laura auf, sich zu setzen. Die jungen Mädchen sprangen auf und bereiteten auf einem runden Silbertablett Tee zu.

»Seien Sie willkommen«, sagte der Dorfälteste in einem makellosen Französisch. »Ich spreche Ihre Sprache. Ich war Lastwagenfahrer bei einer französischen Firma und habe meine Arbeit aus gesundheitlichen Gründen aufgeben müssen. Das da ist meine Frau und das da sind meine Töchter«, sagte er stolz und zeigte mit dem Finger auf sie.

»Ich danke Ihnen, uns willkommen zu heißen«, sagte John. »Wir wollten Ihnen keine Probleme bereiten, als wir den Fahrer des Bauwagens baten, uns zu helfen.«

»Das haben Sie auch nicht. Wer ist die Frau an Ihrer Seite?«, fragte der Dorfälteste und deutete auf Laura.

»Das ist meine Ehefrau. Sie ist Ärztin.«

Laura zuckte zusammen, sagte aber kein Wort. Sie wusste nicht, warum John sie als seine Frau vorgestellt hatte. Sie vermutete, dass er es wohl für sinnvoller erachtet habe, sie hier als solche auszugeben.

»Ich danke Ihnen allen für die nette Aufnahme«, sagte Laura und deutete mit einer Armbewegung auf alle Anwesenden.

»Der Mann eben«, sagte der Dorfälteste mit einem Ton, der seine Missachtung oder sogar Verachtung zum Ausdruck brachte, »dieser Mann ist ein radikaler Islamist der versucht, während seines Aufenthaltes im Dorf uns mit fundamentalistischen Vorstellungen zu infiltrieren. Wissen Sie, wir leben hier friedlich zusammen und genießen alle Freiheiten, die uns der Koran lehrt. Unsere Frauen leisten einen großen Beitrag für das Wohl aller hier im Dorf. Ohne sie würden wir hier nicht überleben können. Sie arbeiten den ganzen Tag, sehr fleißig. Und bei der Arbeit brauchen sie natürlich Bewegungsfreiheit. Dieser Mann wollte uns zwingen, unsere Frauen zu prügeln, wenn sie bei der Feldarbeit keinen Schleier tragen. Aufgrund seiner schon krankhaften religiösen Verblendung wollte er auch durchsetzen, dass unsere Frauen verschleiert bleiben, wenn sie in der Hütte sind. Er meinte, dass

unerwartet männlicher Besuch um Einlass bitten könnte. Dieser Mann wollte, dass wir alle moderaten Lebensweisen aufgeben und nur noch nach den kompromisslosen, ja fanatischen Regeln der Scharia und weiteren, stumpfsinnigen und ultrakonservativen Grundsätzen der Salafisten leben. Er selbst ist ein dschihadistischer Salafist und ich glaube, dass er auch Al-Qaida angehört.«
Laura wollte dieses Thema schnell beenden. »Wir sind hier, weil wir mit der Familie von einem jungen Mann, der die Nummer 14 auf dem Arm trägt, sprechen wollen«, sagte sie leise.
»Sie meinen Amadou. Amadou ist ein guter Junge, er sorgt für das Wohlergehen seiner Familie. Aber er ist im Moment nicht hier. Was wollen Sie von der Familie?«
»Wir müssen der Familie eine wichtige Nachricht überbringen. Könnten Sie den Vater und die Mutter hierher rufen lassen?«, fragte Laura.
Der Dorfälteste gab einer seiner Töchter ein Zeichen. Wie ein Blitz erhob sie sich und verließ die Hütte. Wenig später kam sie zurück, den Vater von Amadou an der Hand. Amadous Vater verbeugte sich und setzte sich neben den Dorfältesten. Er begrüßte die Gäste des Dorfältesten erst auf Bambara, dann mit einigen Schwierigkeiten auf Französisch.
Laura fragte ihn, ob er sie verstehen könnte. Er nickte. Laura erklärte ihm, dass sein Sohn aufgrund einer anderen Erkrankung leider nicht mehr am Leben sei. Amadous Vater starrte sie an. Sein Blick war unheimlich. Der Dorfälteste legte seine Hand auf die Schulter von Amadous Vater. »Allah ist gnädig und barmherzig. Amadou hat seinem Herrn gedient, bis der Tod zu ihm gekommen ist. Als

Gottesfürchtiger wird er für ewig in das Paradies eingehen. Allah sei mit ihm!«
Es war still in der Hütte. Alle schwiegen. Amadous Vater konnte die Tränen nicht mehr zurückhalten. Als John ihm einen Umschlag überreichte, nickte er nur kurz. John gab zu erkennen, dass er mit Laura zurückfahren wollte. Der Dorfälteste runzelte mürrisch die Stirn und winkte mit der Hand ab.
»Die Dunkelheit ist angebrochen und Sie können heute nicht mehr zurück. Bleiben Sie hier, ob einen oder zwei, ob drei oder mehrere Tage, das ist egal. Wir sind Ihnen dankbar, dass Sie gekommen sind und wollen Ihnen danken. Wir haben eine freie Hütte am Rande des Dorfes, da können Sie bleiben, Sie und Ihre Frau.«

John und Laura nahmen das Angebot an. John wollte Zeit gewinnen. Er rechnete aus, dass es gut zwei Tage dauern dürfte, bis der Manager, der wohl immer noch darauf hoffte, eine Verbindung mit ihm über das Gerät im Geländewagen herstellen zu können, einen Trupp zu ihnen schickt.

෴

11. Teil

Kurz nachdem John und Laura Marokko verlassen hatten, wurde Akim informiert, dass das private Krankenhaus in Paris neuen Bedarf angemeldet hatte und er somit eine neue Lieferung zu organisieren habe. Mit dem Chefarzt in Deutschland plante er dessen Flug und bestellte das kleine Flugzeug zwecks Abholung der Lieferung in BBM. Zwei Tage später fuhr er zum Flugplatz und bestieg die Maschine, mit drei Kisten Wein als Gepäck. Es war ein ruhiger Flug. Der Fahrer, der ihm bei seiner Ankunft die Organe zum Landeplatz brachte und mit dem er ein gutes Einvernehmen hatte, schätzte sich überglücklich, als einziger in dem weit abgelegenen Städtchen über einen solchen Qualitätswein zu verfügen. Als Gegenleistung schenkte er Akim kleine geschnitzte Statuen. Als die Maschine aufsetzte, stand das Fahrzeug mit der Lieferung schon da. Der Austausch verlief wie immer schnell. Die Kisten Wein wurden zuerst übergeben, dann kamen die Schnitzwerke. Als Akim dann vom Fahrer zwei Kühlbehälter überreicht bekam, konnte er sein Erstaunen nicht verbergen.

»Was soll das denn? Ich weiß nichts von zwei Behältern«, sagte Akim.

»Paris hat kurzfristig einen zusätzlichen Bedarf angemeldet und der Manager war gerade in der Lage zu liefern. Also sind es diesmal zwei Behälter. Fragen Sie nicht, es hat schon bei uns deswegen genug Aufregung gegeben.«

»Was heißt das? Stimmt was mit der Lieferung nicht?«, fragte Akim besorgt.

»Mit der Lieferung ist alles in Ordnung. Da ist aber eine deutsche Frau gekommen, eine Ärztin,

zur Inspektion, wie ich gehört habe. Diese Ärztin hat dem Manager Stress gemacht. Die zwei „Saubermacher" sind schon da und warten im Stadthotel auf ihren Einsatz. Ich glaube, die sind wegen der Ärztin gekommen."
Akim erstarrte. Er war sich sicher, dass irgendetwas mit Laura schief gelaufen sein musste. Er machte sich Vorwürfe, ihr kleinbeigegeben zu haben. Sein Gewissen beruhigte er aber mit der Annahme, John würde alles unternehmen, um Laura zu retten. Dann konzentrierte sich Akim wieder auf sein eigenes Schicksal. Er wusste, dass er schnell handeln und Laila und sich aus der Schusslinie bringen musste. Er war überzeugt, dass das von Laura angezettelte Problem, das schon die „Saubermacher" aufs Parkett geholt hatte, auch ihn und Laila in Mitleidenschaft ziehen würde. Er kannte die Vorgehensweise der Organisation, alle unmittelbar aber auch nur mittelbar Betroffenen, auf die verzichtet werden könnte, zu liquidieren. Er erinnerte sich, als er der Organisation beigetreten war, an den letzten Satz des Anwerbers: »Denken Sie immer daran, Sie und Ihre Schwester sind mühelos ersetzbar."
Auf dem Rückflug kam ihm dann die zündende Idee. Nach der Landung in Marokko begab er sich in den Transitraum und übergab dem Chefarzt aus Deutschland die zwei Behälter. Der Chefarzt nahm die Lieferung wortlos an und begab sich zu dem Gate, von dem aus er in die reguläre Maschine nach Paris steigen konnte.

Kat war noch im Institut, als Akim ihn anrief und ihm erzählte, was er über Lauras Schwierigkeiten wusste. Er gab Kat die genauen Koordinaten von BBM durch und beschrieb detailliert das Krankenhaus. Er konnte Kat davon überzeugen, dass er selbst nichts tun könne, ohne sein und das Leben von Laila zu gefährden und dass nur noch Außenstehende Laura helfen könnten. Kat war hoch konzentriert. Er überlegte nur kurz und teilte Akim mit, dass er selbst Laura sofort zur Hilfe eilen wird. Akim warnte ihn vor den „Saubermachern", die mit ihm kurzen Prozess machen würden und Laura damit nicht geholfen wäre. Dann legte er Kat aber einen Plan dar, der seiner Meinung nach funktionieren könnte.

Akim berichtete Laila von dem, was er gehört und erlebt hatte. Er konnte sich nicht zusammenreimen, wie es zu den Problemen im Krankenhaus kommen konnte, wurde doch Laura ausreichend von ihnen und von John gewarnt. Sie kamen zu dem Schluss, dass die Organisation keinerlei Gefahr eingehen und konsequent handeln wird. Sie entschieden sich, schnellstens die Weichen zu stellen mit dem Ziel, völlig unterzutauchen.

Kat rief den Verwaltungsleiter seines Instituts an und teilte mit, dass er ab sofort Urlaub für mindestens zwei Wochen nehme. Dann rief er seinen ständigen Vertreter an, bat ihn um Verständnis für diesen kurzfristigen Urlaub und übertrug ihm die Verantwortung für seinen Arbeitsbereich. Ein Anruf bei seiner Bank genügte, um die Modalitäten für mögliche Geldtransfers ins Ausland festzulegen. Anschließend buchte er im Internet einen Flug nach Marseille, der nur mit einem Umsteigen in Paris möglich war. Er hatte noch sechs Stunden Zeit, bis zum Abflug, die er mit Recherchen im Internet nutzen wollte.

„Bienvenue à Marseille" stand in großen Lettern auf dem Schild an der Straße. Kat hatte sich einen Taxifahrer mit unverkennbaren arabischen Wurzeln ausgesucht und bat ihn, zu einem Café zu fahren, das nur von Maghrebiner in einem Viertel im nördlichen Bereich von Marseille besucht wird. Der Taxifahrer zuckte nur mit den Schultern und murmelte etwas dahin und brauste los. Genauso wie der Taxifahrer losgefahren war, stoppte er mit einer Vollbremsung vor einem Haus, in dem mittig ein Mini-Café untergebracht war. Kat stieg aus, nahm seine Reisetasche unter dem Arm und betrat das Café. Er setzte sich an einen freien Tisch und bestellte ein Glas Mineralwasser. Er bezahlte, als er bedient wurde und gab dem Ober zehn Euro als Trinkgeld. Der Ober war erstaunt, nahm aber den Schein und verstaute ihn in einer Hosentasche. Kat nickte mit dem Kopf und gab ihm zu verstehen, dass er gerne eine Auskunft hätte. Er erhielt sie.

Kat musste im Wirrwarr der Straßen mehrmals fragen, bevor er das vom Ober genannte Restaurant erreichte. Die Tür war verschlossen. Als er die Türklinke losließ, ging hinten im Restaurant ein Licht an. Ein bulliger Mann öffnete Kat die Tür, bat ihn hinein und wies ihm auf Französisch einen Tisch zu. Kat sprach den Mann auf Arabisch an und teilte mit, dass er den Chef sprechen wolle. Der Mann fragte, ob er nur den einen oder anderen Satz auf Arabisch kenne oder wirklich fließend Arabisch spreche. Kat nickte ihm kurz zu. Dann knipste der Mann den überdimensionierten Kronleuchter im Speisesaal an. Kat war überrascht über die gefällige und sicherlich kostspielige Ausstattung des Restaurants. Ein gutaussehendes, sichtlich durchtrainiertes junges Weib im engen schwarzen

Overall stellte eine Flasche Rotwein, zwei Gläser und ein Brotkörbchen mit Baguette und Knoblauchbutter auf den ihm zugewiesenen Tisch.
»Bedienen Sie sich. Der Chef kommt gleich«, sagte sie auf Arabisch und lächelte Kat verheißungsvoll an. »Bitte geben Sie mir Ihren Pass oder Personalausweis. Es dauert nur eine Minute.«
Kat sah sie in einen Nebenraum verschwinden und hoffte, seinen Pass nicht auf Nimmerwiedersehen ausgehändigt zu haben. Er nahm die Flasche Wein und füllte ein Glas. Als er nach einem Augenblick ansetzte, den Wein testen zu wollen, kam die junge Frau wieder und gab ihm den Reisepass zurück. »Sie sind sauber!«, sagte sie und zwinkerte ihm zu. Kat war etwas irritiert. Er führte das Verhalten der jungen Frau auf sein Aussehen zurück. »Offenbar hat die Gefallen an dir gefunden, alter Junge!«, sagte er sich und nahm einen Schluck aus dem Glas. Das Restaurant füllte sich. Kat bekam diesmal von einer anderen Bedienung einen Avocado-Salat serviert, ohne dass er diesen bestellt hatte. Auf seinen fragenden Blick hatte er die Antwort bekommen, er sollte es sich schmecken lassen. Dann kam der bullige Mann aus der Küche, in voller Chefkoch-Montur. In jeder Hand trug er einen Teller mit jeweils einem Rindersteak, Pommes frites und Salat, sehr appetitlich garniert. Er setzte sich zu Kat, deutete ihm mit der Gabel in der Hand an, zu essen und fing selbst an, das Rindersteak schmatzend zu verzehren. Als er fertig war, bestellte er - in die Küche brüllend - zwei Becher Kaffee.
»Was wollen Sie?«, fragte der Mann und ließ seinen Blick nicht mehr von Kats Augen.
»Vier Männer, im Nahkampf und an der Waffe ausgebildet, die mitdenken und improvisieren können.«

»Bewaffnet?«
»Ja!«
»Womit?«
»Leichte Waffen und Sprengstoff.«
»Target?«
»Wie bitte?«
»Ziel?«
»Rettung einer Ärztin in Not, im Arabisch sprechenden Afrika.«
»Flugzeug erforderlich?«
»Ja!«
»Wann?«
»Sofort!«
»Das ist machbar. Zehntausend Dollar pro Mann, Hälfte sofort, andere Hälfte nach Auftragserledigung. Anfallende Kosten kommen hinzu. Hierfür Anzahlung von fünftausend Dollar. Zahlbar sofort, spätestens morgen. Ja oder Nein?«
»Ja! Wie soll es weitergehen?«, fragte Kat erleichtert.
»Bis morgen Mittag haben Sie das Geld besorgt und liefern es hier bei mir ab. Sie nennen mich „Chef", wie alle anderen hier auch. Malika die Schöne wird Sie führen.«
»Wer ist Malika die Schöne?«
»Die, die Ihnen den Wein gebracht hat; die, bei der Sie Schlag haben.«
Damit war das Gespräch beendet. Kat musste nicht zahlen. Er bat die junge Frau mit dem Namen Malika um ein Taxi. Sie lächelte ihn an und zog sich eine goldene Kurzjacke über.
»Kommen Sie! Ich bin Ihr Taxi«, sagte sie, nahm Kat an die Hand und zog ihn zur Tür. Im Auto erfuhr Kat, dass sie ab jetzt seine ständige Begleiterin sein wird, ihn bis zum erfolgreichen Ende nicht mehr aus den Augen lassen wird und dass er somit

auch bei ihr übernachten müsse. Er war nicht mehr überrascht als er hörte, dass sie die Aktion leiten würde und er sich strikt ihren Weisungen fügen müsse. Während der Fahrt musste Kat sein gesamtes Wissen zu den Umständen seines Vorhabens preisgeben und alle Details erzählen, die ihm bekannt waren.

Malikas Wohnung befand sich im letzten Stock eines Mehrfamilienhauses. Sie war klein, bot aber von der riesigen Dachterrasse aus einen schönen Panoramablick auf die Altstadt und das Mittelmeer. Das Apartment war spartanisch möbliert, jede Wand in einer anderen Farbe gestrichen. Sie führte Kat in das Bad. Kat ließ es sich nicht zweimal sagen und duschte sich. Als er aus dem Badezimmer herauskam, standen zwei Gläser und eine Flasche Wein auf dem Boden vor der Liegeecke. Malika forderte Kat auf, es sich bequem zu machen und auf sie mit dem Wein nicht zu warten. Sie huschte ins Badezimmer und duschte. Nur mit einem Bademantel bekleidet ließ sie sich neben Kat nieder. Sie erzählte etwas über sich und fragte Kat nach seinem Leben aus. Als Kat anfing, seine Müdigkeit nicht mehr verbergen zu können, stellte sie die Gläser und die Flasche etwas weiter weg, öffnete den Bademantel und legte sich auf Kat.

Kat wachte durch den Kaffeeduft auf.
»Frühstück ist fertig«, sagte Malika. »Und keine Angst, ich frage dich nicht, ob du mit mir geschlafen hast, weil du mich gut findest oder weil du mich nicht brüskieren wolltest, um meine Hilfe nicht zu gefährden. Nur eins: Du hast gehalten, was ich mir von dir versprochen habe.«

Kat reagierte nicht auf Malikas Äußerung. Er wusste, dass er noch viel zu tun hatte und keine Zeit verlieren durfte.
»Sage bitte, ich bin etwas verwundert über die Schnelligkeit, mit der der Restaurantbesitzer die Sache organisieren will. Wie will der das denn machen?«, fragte Kat.
»Du hast unglaubliches Glück gehabt, gerade auf ihn zu stoßen. Der Kellner, der dir den Hinweis auf das Restaurant gegeben hat, ist einer von uns. Er konnte dich und deine Absichten nicht richtig einordnen und hat dich direkt zum Chef geschickt.«
»Was heißt hier „einer von uns"? Und was bitte bedeutete „Chef"?«
»Wer viele Fragen stellt, der lebt gefährlich, und hier in Marseille sehr gefährlich. Nur so viel: Der Restaurantbesitzer, den du kennengelernt hast, ist ein Regionalboss der Drogen-Mafia. Sein Zuständigkeitsbereich schließt die Maghreb-Staaten ein. Er verfügt also über eine sehr gute Organisation. Diese Information dürfte dir reichen. Lass uns unterwegs weiterplaudern. Trinke bitte den Kaffee aus. Du musst das Geld besorgen.«

Sie fuhren zu einer großen Bank im berühmten alten Hafen von Marseille. Kat erklärte, dass er eine Geldsumme telegraphisch von Deutschland überweisen lassen wolle und das Geld gleich mitnehmen werde. Der Bankangestellte laberte Kat und Malika mit den Regularien des Geldtransfers in der Europäischen Union zu und machte keine Anstalten, Kats Verlangen unmittelbar nachzukommen. Malika spürte Kats wachsende Ungeduld. Sie beugte sich über den Tisch zu dem Angestellten und ließ eine Tirade von leisen Beschimpfungen los. Kat errötete.

Malikas Intervention hatte Erfolg. Der Angestellte gab Kat alle Daten der Bank, die er benötigte, um das Geld blitzüberweisen zu lassen. Kat rief seine Bank an, ließ sich mit seinem Betreuer verbinden und gab nach Angabe des vereinbarten Stichwortes die Order, den Gegenwert von 50.000 Dollar auf das Konto der Bank in Marseille zu überweisen. Keine fünf Minuten später konnte der Bankangestellte die Gutschrift feststellen und Kat in einem Nebenraum das Geld übergeben.

Malika war erleichtert, denn der schnelle Geldtransfer war für sie das Zeichen, um loslegen zu können. Sie ging mit Kat in den Garten des Pharao vor dem Hotel Sofitel und telefonierte. Sie tätigte mehrere Anrufe und gab eine Anweisung nach der anderen. In einem Gespräch musste sie mehrfach „BBM" wiederholen. Kat war erstaunt über die Möglichkeiten, über die diese Organisation verfügte. Er war guter Dinge, denn er hatte sich eine so schnelle Hilfe nicht vorgestellt. Nach einer halben Stunde teilte Malika ihm mit, dass alles organisiert ist. Sie fuhr mit Kat zum Restaurant. Der „Chef" erwartete sie und führte sie in sein Büro, ein schickes Hinterzimmer, das mit vielen technischen Überwachungsgeräten ausgestattet war. Als Kat vor dem Schreibtisch Platz genommen hatte, streckte der „Chef" seine Hand aus. Kat übergab ihm das Geld, das er in einen Wandtresor legte.

»Wollen Sie nicht zählen?«, fragte Kat.

»Ist doch schon gezählt!«, sagte er und deutete mit dem Kopf auf Malika. »Sie wollen die Ärztin? Wenn es möglich ist, bekommen Sie die Ärztin. Aber nur dann, wenn Sie sich Malika unterordnen. Sie machen das, was sie sagt. Ist das bei Ihnen angekommen?«

»Ja, natürlich!«
»Können Sie mit Waffen umgehen? Sie haben einen asiatischen Einschlag. Woher kommt der?«
»Hören Sie, ich kann mit Waffen umgehen, sogar sehr gut. Und woher ich den asiatischen Einschlag habe, das geht Sie nichts an«, sagte Kat verärgert.
Im Gesichtsausdruck des Restaurantbesitzers und Mafiachefs erkannte Kat Genugtuung. Er hatte sich bei dem Mann Respekt verschafft.
»Ist ja in Ordnung. Wenn alles gut geht, dann sehe ich Sie mit Ihrer Ärztin und Malika in wenigen Tagen hier wieder.«

Am Flughafen bestiegen Kat und Malika einen kleinen Düsenjet. Kat kannte diesen Typ, der für Starts und Landungen auf ultrakurzen Pisten geeignet war. Der Pilot nahm seine Karten und berechnete die Flugroute und die Flugzeit. Er besprach den Flug mit Malika und schlug vor, aus Sicherheitsgründen eine Zwischenlandung zum Auftanken einzulegen. Malika nahm seinen Vorschlag an.
Die Maschine landete in BBM. Den Behörden gegenüber erzählten sie etwas von einer Notlandung und dass sie sich nur solange hier aufhalten würden, bis der Pilot das Flugzeug repariert habe. Die Beamten hatten keine Lust, aus der Situation ein arbeitsintensives Problem zu machen und ließen beide die Absperrung passieren. Sie warteten im winzigen Flughafengebäude und beobachteten die Zubringerstraße. Ein kleiner Personenwagen kam die Straße entlang. Der Fahrer schien es nicht eilig zu haben. Er hielt in einer nicht einsehbaren Ecke des Flughafengebäudes, stieg aus und faltete eine Zeitung auseinander. Malika gab Kat ein Zeichen. Sie schlenderten aus dem Gebäude heraus, gingen langsam auf den Wagen zu und setzten sich auf die

Rückbank des Fahrzeugs. Der Fahrer sagte kein Wort während der kurzen Fahrt bis hinter einem mit Wildbüschen bewachsenen Hügel. Kat und Malika stiegen aus, der Fahrer wendete und war nach der ersten Erhebung nicht mehr zu sehen. Nach wenigen Minuten hörten Sie ein leicht brummendes Motorengeräusch, das immer näher kam. Malika sprang auf und lief zum höchsten Punkt des Hügels. Kat eilte ihr hinterher. Es war ein Militärfahrzeug mit Hoheitszeichen. Kat erkannte das Fahrzeug als Transportpanzer Fuchs, ein deutsches sechsrädriges Geländefahrzeug, das bis zu acht Personen aufnehmen konnte und mit nur einem Maschinengewehr ausgestattet war. Kat war unwohl, denn Militär war genau das, was er jetzt nicht gebrauchen konnte. Der Fuchs hielt in einer kleinen Senke. Malika nahm Kat an die Hand und ging auf die geöffnete Tür des Transportraums zu. Im Raum saßen vier Soldaten, in voller Kampfmontur. Sie hatten Sturmhauben auf und sagten kein Wort. Kat sah Malika an.

»Das sind unsere Jungs. Sie sind Angehörige einer Sondereinheit der Armee, arbeiten aber auch für uns. Der Kommandeur des örtlichen Truppenteils wird von uns geschmiert. Der tut, was wir wollen. Also bekommen wir auch die Ausrüstung, die wir haben wollen. Daher der Transportpanzer. So, nun zu uns. Damit unsere Leute uns nicht über den Haufen schießen, müssen wir einheitlich gekleidet sein. So erkennen wir uns gegenseitig. Malika nahm einen Karton entgegen und holte zwei Kampfanzüge heraus. Sie ging an die Seite des Fahrzeugs, zog ihre Zivilkleidung aus und einen der beiden Kampfanzüge an. Kat war zwar noch verblüfft, zog sich aber den anderen Anzug an. Die Zivilkleidung wurde in dem Karton verstaut.

»Ist das ein Maßanzug?«, fragte Kat und deutete auf Malikas eng anliegenden Anzug. »Falls du es immer noch nicht kapiert haben solltest: Ich bin der ausführende Arm unseres Organisationszweiges und trage fast immer diese Anzüge. Deshalb habe ich fast überall solche Arbeitskleidung deponiert. Und wie du siehst, meine Kleiderkammer funktioniert gut.« Malika drehte sich zu den Soldaten. »Wir warten, bis es dunkel ist«, sagte sie zu dem Anführer. »Dann hinein, Neutralisierung der Kommunikation nach draußen, Durchsuchung des Hauses durch uns alle und wenn wir das „Paket" haben, geht es ab zum Flugplatz.«
Der Anführer nickte nur kurz, überreichte Malika zwei Kampfmesser und eine Pistole mit Halfter und informierte die übrigen Soldaten.

Eine der Aufgaben des Managers war, über jede Abweichung vom Normalzustand und die daraufhin von ihm eingeleiteten Maßnahmen den Oberen ohne Umschweife zu berichten. Er hatte seinen Bericht, warum es im Krankenhaus zu Irritationen gekommen ist und dass möglicherweise der Kurier Akim El Abbadi davon Wind bekommen habe, abgeschlossen. Die Irritationen hatte er damit begründet, dass die Mitarbeiter überrascht wurden, eine Doppelentnahme durchführen zu müssen und sich für den Tod des Spenders mitverantwortlich fühlten. In Sachen Akim El Abbadi werde er sicherstellen, dass dieser und andere Mitwisser außerhalb des Krankenhauses „behandelt" würden. Damit hatte er das Todesurteil für Akim und Laila geschrieben. Über die Ärztin aus Deutschland hatte er kein Wort verloren. Seine Entscheidung, auch die Ärztin nach ihrer Rückkehr durch die „Saubermacher" einfach hier vor Ort verschwinden zu lassen, stand fest.

Der Transportpanzer fuhr auf den Eingang des Krankenhauses zu und hielt vor den Wachen an. Der Anführer der Soldaten stieg aus und teilte den Wachen mit, dass das Fahrzeug eine elektronische Betriebsstörung habe und bald liegenbleiben würde, sollte der Stützpunkt nicht per Funk neue Daten für die Elektronik übermitteln. Da aber das Funkgerät ebenfalls ausgefallen sei, müsste er über die Kommunikationseinrichtung des Krankenhauses die erforderlichen Daten anfordern. Die Wachen gaben das Ansinnen des Soldaten weiter. Der Manager wurde in die Kommunikations- und Überwachungszentrale gerufen. Er ärgerte sich über diesen neuen Zwischenfall und fragte sich, was bei einer Versagung der Erlaubnis passieren würde. Der diensthabende Techniker deutete das Schweigen des Managers als Aufforderung, seine Meinung sagen zu dürfen und sprach leise die Empfehlung aus, zu kooperieren, damit die Soldaten so schnell wie möglich von dannen ziehen. Keiner von Ihnen hat an der von dem Anführer der Soldaten vorgetragenen Geschichte mit der Elektronik Zweifel gehegt.

Die List des Anführers hatte Erfolg. Zwei seiner Soldaten betraten die Überwachungszentrale und hatten im Nu den Manager und den Techniker gefesselt und geknebelt. Sie gaben dem Anführer ein Signal. Die Krankenhaus-Wachen wurden mit wenigen Griffen außer Gefecht gesetzt. Der Anführer und ein Soldat betraten das Gebäude und fragten den nächsten Mitarbeiter, wo denn der Aufenthaltsraum der Wachen sei. Auch dort wurden drei Wachleute, die aufgrund des Überraschungseffektes keine Gegenwehr ausübten, gefesselt und geknebelt. Sodann begann die Durchsuchung des Krankenhauses, Zimmer für Zimmer. Kat wurde zu einem Aufenthaltszimmer gerufen, in dem der Anführer der Soldaten Gegenstände einer Frau gefunden hatte. Nach wenigen Sekunden erkannte Kat, dass es Sachen von Laura waren. Er konnte sich aber nicht erklären, warum zwischen ihren Sachen auch Sachen eines Mannes lagen. Kat bat den Anführer, einen Mitarbeiter des Krankenhauses zu befragen. Malika nickte zustimmend.

»Sie ist mit einem Mann zu dem Dorf eines Spenders geflogen, der die Operation nicht überstanden hat«, sagte der Anführer kurze Zeit später.

»Können Sie in Erfahrung bringen, wo das genau ist?«, fragte Kat. Der Anführer brauchte offenbar nicht mehr die Zustimmung von Malika und verließ das Zimmer. In der Überwachungszentrale entfernte er den Knebel vom Mund des Managers.

»Wohin genau sind die Frau und der Mann geflogen?«

»Das werde ich dir Hurensohn auch gerade sagen«, fauchte der Manager.

»Wohin genau sind die Frau und der Mann geflogen?«, fragte der Anführer erneut und zog sein Kampfmesser aus der Scheide.

»Wenn ich dir das sage, bin ich des Todes.«
Der Anführer nahm das Messer und setzte es an die Kuppe des linken Mittelfingers des Managers an.

»Das, mein lieber Mann, das tut jetzt gleich so weh, dass du mir alles sagen wirst, einfach alles. Und wenn nicht, dann nehme ich einen weiteren Finger. Ich frage jetzt zum letzten Mal: Wohin sind die geflogen?«

Der Manager, dem der Schweiß von der Stirn lief, sagte dem Anführer, was er wissen wollte. Kat war

beruhigt. Laura war am Leben und in Begleitung unterwegs. Malika erkannte seine Erleichterung und schlug vor, am nächsten Tag früh morgens zu dieser kurzen asphaltierten Piste in der Nähe des Dorfes zu fliegen. Bei Tageslicht könnten sie mehr sehen und die Gesuchten eventuell schon beim Anflug ausfindig machen. Malika gab dem Anführer den Befehl, erst nach ihrem Start am nächsten Morgen die gefesselten Leute wieder frei zu lassen, aber weiter unter Beobachtung zu halten. Die Soldaten sollten bis zu ihrer Rückkehr hier warten. Der Anführer stellte zwei Soldaten ab, die das Haus von draußen zu bewachen hatten. Die Soldaten konnten nicht ahnen, dass die zwei Männer, die in einer Entfernung von dreihundert Metern das Geschehen über Stunden hinweg beobachtet hatten, die „Saubermacher" der Organ-Mafia waren.
Kat sah Malika an, als ob er in sie eindringen wollte. Sie spürte, dass Kat sich seiner Ohnmacht bewusst war, denn ohne sie würde er keinen Schritt weiterkommen. Sie hielten sich noch immer in Lauras Zimmer auf, als das Telefon auf dem Nachttisch klingelte. Malika hob ab und sagte nichts außer einem „Hallo". Am anderen Ende war es totenstill. Sie legte auf. »Sicher hat sich da jemand verwählt«, sagte sie. Ihre innere Unruhe wuchs aber schnell, als auch in den anderen Zimmern die Telefone klingelten. Sie kannte diese Anrufe, die bei entsprechenden Aktionen meist Anrufe der Gegenseite sind, die wissen will, mit wie vielen Leuten sie es zu tun haben. Sie schloss die Zimmertür von innen zu, legte alle ihre Waffen ab und zog ihren Anzug aus. Dann ging sie ins Bad und duschte. Kat hatte sich einen dreifachen Gin in ein Glas gekippt und mit einem Schluck ausgetrunken. Er dachte an die strenge Erziehung, die er durch seinen Vater

genossen hatte und wollte nun die Fähigkeiten, die ihm sein Vater vermittelt hatte, auch einsetzen. Er lief zur Überwachungszentrale und sagte dem Anführer, dass er den Manager verhören wolle. Der Anführer zog den am Boden liegenden Manager hoch und setzte ihn auf einen Stuhl.
Kat wartete, bis der Manager saß und beobachtete seine Atmung. Als der Manager ansetzte, um wieder einzuatmen, versetzte Kat ihm einen schnellen aber nicht allzu heftigen Schlag gegen die Brust. Der Manager zuckte mehrmals zusammen und schnappte eifrig nach Luft. Mit seinen Händen fasste er sich an den Brustkorb.

»Was war das?«, fragte der Anführer.

»Während der Einatmung wird der Körper durch den Sauerstoff leichter. Der Körper ist daher verwundbarer. Schläge, die einen Menschen während des Einatmens treffen, sind also wirkungsreicher. Bei der Ausatmung wirkt die Schlagwirkung nur vermindert. Das ist Budō«, sagte Kat.

Der Manager erholte sich langsam von diesem unerwarteten Schlag.

»Nun erzählen Sie mir alles, was Sie über die Ärztin aus Deutschland wissen. Kapiert?«

»Ich weiß nicht, was ich Ihnen sagen soll. Ich kenne diese Frau doch so gut wie nicht!«

Der Manager hatte kaum das letzte Wort ausgesprochen, da erhielt er von Kat einen weiteren, nicht heftigen aber gezielten Schlag. Er sackte in sich zusammen.

»Das müssen Sie mir beibringen«, sagte der Anführer zu Kat. »Das ist ja toll!«

Es dauerte nur kurze Zeit, bis der Manager sich erholt hatte. Kat sagte ihm, dass er diese Schläge so lange erhalten würde, bis er alles gesagt habe. Als Kat ihm den Hinweis gab, dass seine Lungen bei jedem weiteren Schlag stärker und stärker einreißen und er elendig daran krepieren würde, gab der Manager auf.

Kat kam zurück ins Studio und erzählte Malika, was der Manager ihm über Lauras Aufenthalt im Krankenhaus erzählt hatte. Es waren keine Erkenntnisse, die Kat hätten weiterhelfen können. Kat konnte nicht ahnen, dass der Manager ihm das Wichtigste verschwiegen hatte: die „Saubermacher".

Malika war nur mit bunter Unterwäsche bekleidet, was Kat erst nach seinen Erzählungen richtig bemerkte. Sie wusste, wie sie ihren Körper und ihren Charme einsetzen musste, um Kats Widerstand auch in dieser Stresssituation zu brechen.

12. Teil

Laura und John waren erstaunt, als sie ihre Gasthütte betraten. Außer einer Matratze, zwei Decken und eine leere Schüssel war die Hütte leer. »Da müssen wir durch«, sagte John zu Laura. Laura schaute ihn an und wusste, woran John dachte. John setzte sich auf die Matratze und schlug vor, die Geschehnisse noch mal gedanklich durchzugehen. Laura setzte sich neben ihn. John rekapitulierte alle bekannten Fakten. Er war mittendrin, als sie ein leises Geräusch, wie ein auf Geröll fahrendes Fahrzeug, hörten. Das Geräusch wurde kaum lauter. John stand auf und schaute aus dem Fenster. Er gab Laura einen Wink, auch ans Fenster zu kommen. Es waren fünf unterschiedliche Geländewagen älteren Datums, die mit ausgeschalteten Motoren den leichten Abhang zur Dorfmitte herunter fuhren. Auf jedem Wagen saßen sechs bis sieben schwerbewaffnete, nicht uniformierte Männer. John erkannte sofort, dass es sich nicht um Fahrzeuge der regulären Armee handelt und bekam Angst. Es war leise, als die Fahrzeuge in der Mitte des Dorfes hielten. Der Dorfälteste kam aus seiner Hütte und ging auf das mittig stehende Fahrzeug zu. Er sprach mit dem Beifahrer. John flüsterte Laura zu, dass der Mann, mit dem der Dorfälteste spricht, wohl der Obermotz dieser Horde von Wilden sei. Das Gespräch zwischen den beiden Männern wurde bedrohlicher, aber immer noch leise geführt. Der Beifahrer stieg aus und zog seine Pistole. Er richtete sie auf den Kopf des Dorfältesten, ohne ein Wort zu sagen. Der Dorfälteste kniete sich hin und sagte ebenfalls kein Wort. John sah, wie die zwei jungen Mädchen des Dorfältesten aus einer Öffnung im hinteren Teil der Hütte stiegen und sich geduckt von der Hütte unentdeckt entfernten. Sie machten einen Halbkreis und versteckten sich hinter jeder Hütte, Sandhaufen und umherliegenden Gerätschaften. John bewunderte die beiden Mädchen. Es schien ihm, als ob die beiden diese Flucht irgendwie eingeübt hätten. John verlor die Mädchen aus den Augen, als sie sich hinter seiner Hütte versteckten. Er ging zur hinteren Luke der Hütte und sah die Mädchen kauernd vor Angst. Sie gaben ihm Zeichen, dass sie hinein wollten. John überlegte nur kurz und sah ein, dass die Mädchen draußen auf der Ebene keine Chance hatten. Er war ihnen behilflich, ihre zierlichen Körper durch die Öffnung zu zerren. Laura beobachtete mit einem Auge, was sich auf dem Dorfplatz abspielte, mit dem anderen Auge verfolgte sie Johns Bemühungen, die Mädchen in die Hütte zu ziehen. Eines der Mädchen erklärte Laura mit den wenigen Worten Französisch, die sie kannte, dass die Männer sie und ihre Schwester abholen wollten.

Der Dorfälteste lag ausgestreckt auf dem Boden und betete leise, sehr leise. John und Laura konnten ihn nicht verstehen. Der Mann mit der Pistole drehte einen Schalldämpfer auf die Mündung der Pistole und schoss eine Kugel in die Hand des Dorfältesten. Dieser schrie kurz auf und flehte seinen Peiniger an. Eines der Mädchen schob sich zwischen John und Laura und sah, was mit ihrem Vater geschah. Erst später erfuhren sie, warum das Mädchen nichts unternahm, um ihren Vater zu erlösen. In einem vergleichbaren Fall wurde der Vater erschossen, obwohl seine Tochter aus ihrem Versteck kam und sich zu erkennen gab. Der Anführer der Bande gab seinen Männern den Befehl, alle

Hütten zu durchsuchen. John erkannte schnell die Situation und wusste, dass er nur noch eine oder zwei Minuten hatte, um sich etwas einfallen zu lassen. John schob die Matratze in die von der Tür entferntesten Ecke der Hütte, ließ einen Zwischenraum von etwa vierzig Zentimeter zur Wand und gab den Mädchen Zeichen, sich in den Freiraum zwischen Wand und Matratze zu legen. Dann legte er eine Decke über die Mädchen und eine weitere über die Matratze. Er fauchte Laura an, sich komplett auszuziehen. Sie wusste, dass die Bande mit ihnen kurzen Prozess machen, wenn sie die Mädchen in ihrer Hütte entdecken, und gehorchte. John zog sich ebenfalls eiligst völlig aus. Er befahl Laura, sich zur Hälfte auf die Mädchen zu legen. Dann legte er sich auf Laura. Die Tür sprang auf und zwei Männer kamen hinein. Sie stutzten, da sie an alles andere gedacht hatten als eine Frau und einen Mann nackt beim Sex anzutreffen. John hob seinen Oberkörper zur Seite und schaute auf die zwei Männer auf. Sie grinsten, ließen ihre Blicke durch die ansonsten leere Hütte schweifen, drehten sich um und verließen die Hütte. John sprang auf und schloss langsam die aus den Scharnieren gesprungene Tür notdürftig. Aus dem Fenster konnte er beobachten, wie noch zwei Hütten ergebnislos durchsucht wurden. Die Horde setzte auf Befehl des Anführers auf und fuhr davon. John warf Laura die Kleidung zu. Als er und Laura bekleidet waren, zogen sie die Decken weg. Die beiden Mädchen hielten ihre Hände vor dem Mund und zitterten vor Angst.

Die Staubwolke, die die Fahrzeuge hinterließen, löste sich schnell auf. Die Männer eilten zum Dorfältesten und warteten auf Weisungen. John und Laura nahmen die Mädchen in die Mitte und eilten ebenfalls zum Dorfältesten. Als dieser seine Mädchen sah, schrie er vor Freude auf. Die Mutter stürzte aus der Hütte und umarmte und küsste ununterbrochen ihre Töchter. Laura sah sich die durch den Durchschuss blutende Hand des Dorfältesten an. Mit dem, was sie bei sich hatte und die Dorfbewohner ihr zur Verfügung stellten, konnte sie die Wunde einigermaßen desinfizieren, mit jeweils zwei Stichen an der Ober- und Unterfläche zunähen und die Hand verbinden. Sie war die große Heldin im Dorf und wurde von allen mit immensem Respekt behandelt. John und sie erfuhren, dass es Männer aus der islamistischen Terrorszene waren, die junge Mädchen entführen, um sie meistbietend heiratswilligen Männern zu verkaufen. Der Dorfälteste stellte die Vermutung auf, dass der Bauwagenfahrer den Kriminellen einen Tipp gegeben haben muss, aufgrund der Schmach, aus dem Dorf verwiesen worden zu sein.

Die Frauen im Dorf beeilten sich, ein Essen für alle Bewohner zuzubereiten, denn der glückliche Ausgang sollte auf Geheiß des Dorfältesten gefeiert werden. Im Laufe der Feier erfuhr Laura, dass die Verbrecher in die Irre geführt wurden: Der Dorfälteste hatte dem Anführer angegeben, dass die Mädchen, seine Nichten, sich nur zu Besuch im Dorf aufgehalten hatten. Ein Dorfbewohner, der Laura und John gegenüber saß und beide ständig beobachtet hatte, erhob sich und lud John ein, seinen Kräutergarten anzusehen. Im gebrochenen Französisch erklärte der Mann, wofür die verschiedenen Kräuter gut sind. Er zeigte auf Laura und gab John ein paar Blätter einer Pflanze, die unter einer Abdeckung wuchs. Er sollte sich vor dem Schlafengehen noch einen Tee mit diesen Kräutern zubereiten

lassen und ihn unbedingt mit seiner Frau trinken. John bedankte sich und suchte wieder Laura auf. Eine nicht weit weg von ihm sitzende Frau hatte das Ganze beobachtet und fing an zu kichern. Sie ging auf John zu und nahm ihm die Blätter aus der Hand. Dann entfernte sie sich und kam mit einer alten Teekanne zurück. Sie lächelte und setzte die Teekanne vor Laura und John ab. Er sah in die gefüllte Kanne und erkannte die im heißen Wasser schwimmenden Blätter wieder. Die Frau forderte John und Laura auf, den Tee zu trinken. Beide waren vom intensiven fruchtig-scharfen Geschmack begeistert. Die Frau wartete so lange, bis auf ihr Drängen John und Laura jeweils zwei weitere Gläser ausgetrunken hatten. Sie wussten nicht, welche Wirkung dieser Tee auf sie haben wird.
Um Mitternacht beendete der Dorfälteste die Feier. Wenig später schlief das Dorf. Nur das Lustgewimmer von Laura übertönte immer wieder die üblichen Nachtgeräusche.

ഊଔ

13. Teil

Am nächsten Morgen fuhren Kat und Malika zum Flugplatz. Ihre Maschine stand startbereit auf dem Vorfeld und sie konnten gleich abheben. Als sie an ihrem Ziel angekommen waren und über der kurzen asphaltierten Landepiste flogen, erkannten sie ein kleines einmotoriges Flugzeug am Ende der Piste neben drei Garagen. Aus einer der Garagen kam ein Mann in Pilotenuniform heraus und winkte ihnen von unten zu. Als sie gelandet waren, erklärten sie dem Piloten, dass sie eine von der Organisation angeordnete Inspektion durchzuführen hatten. So erfuhren sie beiläufig, dass John und Laura mit einem Geländewagen weggefahren seien und er Order habe, hier so lange zu warten, bis sie wiederkommen. Ihr Pilot gesellte sich zu ihnen. Malika ging zu den Garagen. In der zweiten Garage stand ein Geländewagen. Als sie ihn starten wollte, gab er keinen Laut von sich. Malika öffnete die Motorhaube und kontrollierte die Batteriekabel. Dann starte sie erneut, ohne Erfolg. Kat kam hinzu und war verärgert.

»So kurz vor dem Ziel, und dann diese Scheiße!«, sagte Kat und wunderte sich selbst über seine Ausdrucksweise. Er wandte sich an die zwei Piloten, die vor dem Wagen standen und forderte sie auf, eine Batterie aus einem der Flugzeuge zu holen. Die Piloten sprachen gleichzeitig das aus, was er befürchtet hatte: Die Batterien aus den Flugzeugen könnten als Starthilfe nicht verwendet werden. Malika schüttelte den Kopf und fluchte vor sich hin. Sie gab allen drei Männern die Order, das Fahrzeug auf die Piste zu schieben, es an einem der Flugzeuge anzuseilen und dann anzuschleppen. Kat staunte, denn keiner von den Männern war auf diese Idee gekommen. Als der Wagen angeseilt war, stieg Kat ein und schaltete die Zündung an. Er gab dem Piloten ein Zeichen mit der Hand, damit dieser das Anschleppen beginnen konnte. Noch bevor Kat die Handbremse des Fahrzeugs gelöst hatte, fiel ein Schuss. Malika fasste sich an den Bauch und sah das Blut zwischen ihren Fingern fließen. Kat eilte zu ihr und erkannte sofort einen glatten Bauchschuss. Der Pilot im Flugzeug stellte den Motor ab und legte sich flach auf die Piste. Auch der andere Pilot schmiss sich auf den Boden. Beide falteten ihre Hände über ihren Kopf und rührten sich nicht mehr.

»Es hat mich erwischt, Kat. Ich weiß nicht, ob ich es noch schaffe. Gib mir mein Handy, schnell!« Kat drückte sein Taschentuch auf die stark blutende Wunde, ohne jedoch das Blut, das pulsartig aus dem Loch floss, ansatzweise stoppen zu können. Er nahm Malikas Pistole an sich. Malika sprach mit dem Anführer der Soldaten, die noch im Krankenhaus auf sie warteten. Sie erklärte ihm unter starken Schmerzen, was geschehen ist. Sie sollten sich sofort auf den Weg machen und versuchen, weitere Gefolgsleute zu mobilisieren. Malika korrigierte ihre Aussage und beorderte die Hilfe direkt zum Dorf, in dem sich aller Wahrscheinlichkeit nach das „Paket" und ihr Begleiter aufhalten. Sie fing an zu stöhnen, verdrehte die Augen und fiel in Ohnmacht. Kat nahm Malika in seine Arme. Als sie wieder aufwachte, spürte er ihre Hände, die ihn fest umklammerten. »Das habe ich nicht verdient. Das habe ich nicht verdient, Kat«, sagte sie, sich noch einmal aufbäumend. Als der Druck ihrer Hände nachließ, wusste Kat, dass Malika tot war. Er legte sie auf den Asphalt und schaute nach oben, direkt in den Lauf eines Präzisionsgewehrs. Er war so angespannt, dass er die zwei Männer, die zwischenzeitlich aus ihrem Versteck nahe der Landepiste herausgekommen waren, nicht bemerkt hatte. Er wurde von ihnen in eine der Garagen bugsiert, nachdem sie ihm die Pistole abgenommen und die Hände gefesselt hatten. Sie setzten ihn auf einen Stuhl.

»Guten Tag! Wir haben nicht viel Zeit und sind hundemüde. Sie haben uns viel Arbeit bereitet und so sind wir gerade nicht gut zu sprechen, auf Sie! Ich hoffe doch, dass Sie mich verstehen. Sie können das Ganze hier abkürzen und uns sagen, was Sie hier zu suchen haben. Ich will nicht ausschließen, dass wir Sie laufen lassen, wenn uns Ihre Antwort auf unsere Frage, was Sie hier verloren haben, gefällt. Also?«, fragte der Mann, der offenbar der Wortführer war.

Kat hatte noch keine klaren Gedanken finden können und konnte die Männer nirgendwo einordnen.

»Ich will Ihnen gerne sagen, was Sie wissen wollen. Nur müssten Sie mir erst mal sagen, wer Sie sind und was Sie hier wollen«, sagte Kat. Er wollte Zeit gewinnen, um nachdenken zu können. »Mussten Sie der Frau denn gleich einen Schuss in den Bauch verpassen? Sie wissen doch, dass ein Bauchschuss unweigerlich den sicheren Tod nach sich zieht, oder?«

»Sie scheinen ja ein ganz Schlauer zu sein. Dann will ich Ihnen sagen, wer wir sind. Und dann wissen Sie, dass Ihnen nur noch wenig Zeit bleibt, uns zu überzeugen. Mein Kumpel ist schon ganz ungeduldig, Ihnen eine Kugel zwischen die Augen zu jagen. Wissen Sie, warum er ungeduldig ist? Das will ich Ihnen sagen. Ich habe der Hure da draußen den Schuss gesetzt. Und nun will er auch mal dran

sein. Nun gut! Mein Kumpel und ich, wir haben Sie und Ihre Leute seit gestern beobachtet. Wir wissen alles über Ihre Leute im Krankenhaus. Nur dass das Soldaten sind, das konnten wir uns nicht zusammenreimen. Aber das ist auch nicht so wichtig, die sind ja jetzt weit weg. Es wird Zeit und ich will Ihre Frage beantworten: Mein Kumpel und ich, wir machen sauber, verstehen Sie, Sie Dreckskerl?«
»Aber wenn Sie uns noch gestern beobachtet haben, wie sind Sie denn so schnell hierhergekommen?«, fragte Kat entmutigt. Er war betroffen vom Tod Malikas und seiner aussichtslosen Lage.
»Das möchtest du wohl gerne wissen, du Hurensohn!«, sagte der andere „Saubermacher" und gab Kat mit aller Wucht einen Stoß mit dem Stiefel gegen das Schienbein. »Nun erzähle du uns was, du Mistkerl!«
»Ich bin ein Bekannter der Ärztin aus Deutschland und helfe ihr bei ihrer Arbeit.«
»Und wer ist die Hure da draußen?«
»Das ist eine gute Freundin, die mir und der Ärztin hier draußen behilflich ist, nicht mehr und nicht weniger.«
»Ach ja? Und wieso ist die dann bewaffnet und kommandiert die Soldaten herum, als ob sie deren Oberbefehlshaberin ist?«
»Sie wissen genauso wie ich, dass es hier nur so wimmelt, von Kriminellen und Terroristen. Wir müssen uns doch verteidigen können, oder?«
»Die Märchenstunde ist jetzt zu Ende. Du hast uns leider nichts erzählt, was uns hätte gnädig stimmen können«, sagte der Wortführer und trat drei Schritte zurück. Der andere „Saubermacher" zog seine Pistole und setzte sie auf Kats Stirn. Dann drückte er zweimal ab. Der Wortführer der „Saubermacher" zog Kats Leiche hinter sich her

und legte sie auf die Leiche von Malika. Dann wandte er sich den Piloten zu, die noch immer auf der Piste lagen.
»Ich sage es euch beiden nur ein Mal. Ich will den Wagen in zwei Minuten fahrbereit und zwei volle Benzinkanister im Gepäckraum haben, verstanden?« Als die zwei Piloten den Wagen mit laufendem Motor auf die Piste stellten, fuhren die „Saubermacher" einen halben Kilometer Richtung Südwesten. Sie wollten erst ihre Rückkehr nach BBM organisieren, bevor sie die Leichen verschwinden lassen. Hinter einem Hügel standen zwei extrem leise Einmann-Ultraleichtflugzeuge unter einer sandfarbenen Plane. Sie füllten die Tanks der Flugzeuge auf und fuhren zur Landepiste zurück. Sie übergossen die zwei Leichen mit Benzin und zündeten sie an. Als dann eine schwarze Rauchsäule gen Himmel stieg, fluchten sie wie die Kesselflicker, weil sie nicht daran gedacht hatten, dass der schwarze Rauch die Aufmerksamkeit auf sie ziehen würde. Dann gaben sie dem Piloten der Organisation Anweisung, zurückzufliegen und dem Manager ausführlich zu berichten, was hier geschehen ist. Den Piloten, der Kat und Malika geflogen hatte, deponierten sie mit zwei Kugeln zwischen den Augen im Cockpit seiner Maschine.

ഇ ൵

14. Teil

Der Dorfälteste saß vor seiner Hütte, die Augen geschlossen. Er sinnierte. Er öffnete die Augen, als er glaubte, in der weiten Ferne einen Knall gehört zu haben und fragte sich sofort, ob es nicht wieder die islamistischen Terroristen sind, die irgendeinen armen Teufel, der zufällig ihren Weg gekreuzt hatte, erschossen haben. Eine seiner Töchter brachte ihm Gebäck und setzte sich auf seinen Schoß. Sie wollte von ihm wissen, was denn passiert wäre, hätten die Ausländer sie und ihre Schwester nicht versteckt. Auch wollte sie wissen, warum denn die Verbrecher den Ausländern nichts angetan hätten. Der Dorfälteste sah sich in Schwierigkeiten, denn er konnte seiner Tochter nicht das erzählen, was seine Gäste ihm unter dem Siegel der Verschwiegenheit verraten hatten. Er kicherte in sich hinein und fragte sich, wie er geguckt hätte, beim unerwarteten Anblick eines sich liebenden nackten Pärchens. Er stellte sich diese Situation gerade vor, als er wieder einen Knall hörte. Er war sich unsicher, ob es ein Knall oder ein Doppelknall gewesen ist. Er rief die paar Männer, die noch im Dorf verweilten, zusammen. Er stand vor seiner Hütte und noch bevor er anfangen konnte, seine Mutmaßung auszusprechen, sah er in der Ferne eine erst dünne, dann eine sich immer weiter ausbreitende schwarze Rauchsäule. Er deutete auf den Rauch hin, die Männer drehten sich um und erstarrten. Für sie bedeutete Rauch einfach nur Feuer, und Feuer war für sie außerhalb des Dorfes tabu. Nie wurde etwas, was brennbar war, verbrannt. Es wurde einfach liegengelassen oder eingegraben. Sie ahnten, dass etwas Böses auf sie zukommen wird. Der Dorfälteste äußerte nun seine Vermutung und begründete sie mit den zwei oder drei Schüssen, die er glaubte gehört zu haben. Dann gab er den Männern Weisungen und ging auf John und Laura zu, die dem Rauch argwöhnisch nachschauten.

»Ich weiß nicht genau, ob und wenn ja, was passiert ist und was noch passieren wird. Aber es wird was passieren, das spüre ich. Ich habe eine große Bitte an Sie. Wir haben hier im Dorf sechs Mädchen, die ihre Blutungen schon hatten und somit Beute für die Verbrecher sind, denn die Mädchen sind im gebärfähigen Alter. Sie müssen die Mädchen aus dem Lager bringen. Fahren Sie, immer Richtung Nordosten. Sie müssen schnell machen, denn ich weiß nicht, wann die Terroristen hier eintrudeln. Die sind nicht weit. Bitte!«

»Wir sind schon unterwegs«, sagte John. »Die Mädchen sollen am Wagen warten. Abfahrt in zwei Minuten.

»Warum denn Nordost?«, fragte Laura.

»Weil wir ganz in der Nähe einer Staatsgrenze sind und die Terroristen nicht die Gefahr laufen wollen, von einer Grenzpatrouille des einen oder des anderen Landes aufgespürt zu werden«, sagte der Dorfälteste und erklärte John, wie er die Steine, die seitlich der Pisten und auf den Felsen so aufgestapelt sind, dass sie die Himmelsrichtungen angeben, lesen kann. Der kurze Abschied der Mädchen von ihren Müttern war für Laura herzergreifend. Der Dorfälteste sah dem Wagen hinterher und bat Allah, alle Insassen zu schützen.

John wusste, dass er keine Alternative hatte. Er musste Richtung Nordosten fahren. Alle im Wagen hatten von ihm den Auftrag, nach Autos, Lastwagen oder nur Menschen Ausschau zu halten. John hoffte auf eine Militär-Patrouille zu stoßen und hatte sich auch schon eine schlüssige Erklärung zu Recht gelegt, die er den Militärs dann vermitteln wollte. Er wusste, dass es auf dem ersten Blick nicht erklärbar war, warum zwei Ausländer mit sechs jungen Mädchen in einer öden Grenzregion unterwegs waren. Eines der Mädchen sprach von einem größeren Nomadenstamm, der zwar noch weit weg ist, der aber vom Dorfältesten immer als Refugium genutzt wurde, wenn denn mal ein Bedarf vorhanden war. Das Mädchen erzählte, dass das dortige Oberhaupt ein Cousin des Dorfältesten sei und beide sich Unterstützung in jeglicher Hinsicht zugesagt hätten. Nun wusste John, warum der Dorfälteste ihm die Fahrtrichtung Nordost angegeben hatte. John wollte diesen Stamm so schnell wie möglich als Zuflucht erreichen, denn die Fahrt auf engen sandigen Pisten und unwegsamem Gelände forderte seine ganze Aufmerksamkeit.

Laura atmete auf, als der Wagen vor einer Ansammlung von Zelten unter fünf Dattelpalmen hielt. Die Mädchen sprangen aus dem Wagen heraus und liefen zu dem größten Zelt, das in der Mitte des Lagers stand. Sie wurde von zwei Frauen begrüßt und umarmt. Ein in einer indigoblauen Gandura gehüllter großer Mann, dessen Gesicht mit Ausnahme der Augen durch einen festen Stoffschleier verdeckt war, kam auf John zu und sprach ihn auf Französisch an.

»Willkommen. Sie werden alle Zeit der Welt haben, uns zu erklären, warum Sie hier sind. Sie und die Person da, die Sie begleitet, sind Sie verheiratet?«

»Ja, das ist meine Frau«, betonte John.

»Dann sind Sie bei uns, den Imuhagh, herzlich willkommen. Bei Ihnen zu Hause nennt man uns Tuareg. Solange Sie bei uns sind, sind Sie bei uns, verstehen Sie?«
»Nein, nicht ganz«, sagte John irritiert.
»Sie und Ihre Frau, Sie respektieren uns. Und wir, wir respektieren Sie und Ihre Frau. Und keiner im Lager wird dagegen verstoßen, so dass Sie sich hier ganz sicher fühlen und frei bewegen können.«
»Ich darf mich jetzt schon und auch im Namen meiner Frau für die gastfreundliche Aufnahme aufrichtig bedanken und darf Ihnen versichern, dass wir alles respektieren werden, was hier zu respektieren ist«, erwiderte John und verneigte sich andeutungsweise vor seinem Gegenüber. Laura stand unmittelbar hinter John. Ihr war nicht wohl beim Anblick all der großen, teils finster aussehenden Männer, die sich um sie herum gruppiert hatten.
Am Abend hockten das Oberhaupt mit seiner Familie, die sechs Mädchen, John und Laura um ein Lagerfeuer. Das Oberhaupt saß zwischen John und Laura, auf der anderen Seite von Laura saß die Frau des Oberhauptes. Eines der Mädchen erzählte Laura wenig später, dass die Frau des Oberhauptes nur deswegen neben ihr saß, damit das Oberhaupt erst gar nicht auf den Gedanken kommt, seine Hand „rein freundschaftlich" irgendwo bei Laura „zu verlieren". In einem weiteren Kreis saßen die übrigen Imuhagh, die sich lauthals zu amüsieren schienen. Auch hier erfuhr Laura etwas später, dass sich die Männer auch über ihre für eine Frau ungewöhnliche Kleidung etwas mokiert hatten.
Für John und Laura wurde ein kleines Zelt aufgebaut und mit Decken ausgelegt. Im Zelt lächelte Laura nur kurz bei Johns Beichte, er hätte sie wie-

der - der Einfachheit halber - als seine Frau ausgegeben.

Der nächste Tag begann zunächst ohne besondere Vorkommnisse, bis ein Stammesangehöriger vermisst wurde. Es war ein Witwer, dessen Ehefrau kurz vor der Geburt des gemeinsamen Kindes verstorben war. Einige Männer, begleitet von den aufgeregten Kindern des Stammes, machten sich auf die Suche nach dem Vermissten. Sie fanden bei seinem Zelt Spuren, die sie aber nicht eindeutig lesen konnten. Die Spuren führten nach hunderten von Metern zu einer Stelle, an der ohne jeglichen Zweifel mehrere Männer sich aufgehalten hatten. Die Kinder eilten ins Lager zurück und berichteten dem Oberhaupt, was sie gefunden hatten. John und Laura wurden informiert, denn das Oberhaupt vermutete, dass der Mann ihretwegen entführt wurde. John fragte nach möglichen Feindseligkeiten mit anderen Stämmen oder einzelnen Familien, die die Entführung hätten erklären können. Das Oberhaupt verneinte die Frage. John kamen Zweifel auf. Er ging mit Laura zu dem Geländewagen und überprüfte die GPS-Anlage, die nach wie vor funktionsunfähig war und somit ihre Position nicht verraten haben konnte. John schaute Laura an und grinste.

»Laura, erinnerst du dich als ich dich bat, deinen Bikini auszuziehen?«

»Natürlich!«

»Warum habe ich das getan?«

»Weil du ausschließen wolltest, dass ein Mini-Peilsender im Saum meines Höschens versteckt ist.«

Laura hatte es noch nicht ganz ausgesprochen, als ihr klar wurde, worauf John anspielte.

»John, der Manager bestand doch darauf, dass wir nur Tarnanzüge tragen. Klingelt es bei dir?«

»Genau! Wir müssen die Anzüge durchsuchen, jetzt gleich!«
In jedem Anzug fanden sie zwei Peilsender und wussten, dass der Manager ihre Position genau kannte. Für John war es klar, dass der Manager Laura verschwinden lassen wollte, auf nimmer Wiedersehen. Er wusste von den „Saubermachern". Er wusste aber noch nicht, wie er Laura aus diesem Schlamassel herausholen konnte. Nachdem sie alle Peilsender zerstört hatten und alle mitgebrachten Gegenstände und den Geländewagen nochmals durchsucht hatten, zogen sie sich zur weiteren Beratung in ihr Zelt zurück. John beschwerte die große Stoffdecke, die vor dem Eingang hing, mit Steinen, ein Zeichen, dass die Insassen nicht gestört werden wollten.
»Laura, solltest du nicht darüber nachdenken, nach Deutschland zurückzukehren? Hier bist du nicht mehr sicher.«
»Das glaube ich auch. Mein Wissensdurst ist mehr als gestillt und meine Leute in Deutschland machen sich auch sicherlich Sorgen«, sagte Laura und dachte dabei an Kat. Wegen ihrer Sexabenteuer mit Akim und John hatte sie keine Gewissensbisse, denn sie war noch frei, frei jeglicher Treue Kat gegenüber.
»Wenn du möchtest, können wir gleich morgen früh aufbrechen.«
Kaum hatte John seinen Wunsch ausgesprochen, brach Hysterie im Lager aus. Vor dem Zelt des Oberhauptes hatte sich ein Kreis von aufgeregten Frauen, neugierigen Kindern und gereizten Männern gebildet. In ihrer Mitte lagen die Leichen zweier fast entkleideter Männer. John schaute das Oberhaupt fragend an und erfuhr, dass der eine Mann der Vermisste ist, der andere Mann ein be-

reits erwarteter Imuhagh-Kurier aus der Provinzstadt. Das Oberhaupt stellte fest, dass es den Mördern offenbar nur um die Oberkleidung gegangen ist. Beide wurden unweit des Lagers gefunden, nur oberflächlich mit Geröll und Sand zugeschüttet. John konnte keine Verbindung zwischen den Leichen und ihm oder Laura herstellen.

Der Duft nach frisch gerösteten Kaffeebohnen weckte John und Laura nach einer heißen Liebesnacht auf. Sie wussten, dass das Oberhaupt ihnen vor ihrer Abreise noch ein üppiges Abschiedsmahl bieten würde. Sie nutzten diese Gelegenheit und übergaben der Frau des Oberhauptes eine großzügige Geldsumme, die sie als Ausbildungshilfe für die Kinder nutzen sollte. Es war nur ein Vorwand, aber mit einer anderen Begründung hätte das Oberhaupt das Geld nicht angenommen. John wollte endlich losfahren und suchte nach einer Gelegenheit, sich zu verabschieden, ohne dass das Oberhaupt sich durch das selbstbestimmte Aufbrechen seiner Gäste brüskiert füllte.

Und dann war es wieder da, das Geräusch, das John schon einmal gehört hatte. Es näherte sich mit raschem Tempo. Auch Laura hatte es wahrgenommen, ebenso die Menschen im Lager. Das Geräusch schien sich zu teilen, kreisförmig. Es war nun von allen möglichen Seiten zu hören. Das Dorfoberhaupt stand auf und verließ das Zelt, gefolgt von John und Laura. Um das Zeltlager herum, in einer Entfernung von hundert Metern standen die Geländefahrzeuge der John und Laura bekannten islamistischen Terroristen. John dachte sofort daran, dass die Bande Wind bekommen haben muss, von seiner Flucht mit den sechs Mädchen. Da das Zeltlager sehr viel kleiner und übersichtlicher als das Dorf war, rechnete sich John diesmal keine Chance aus, um die Mädchen zu retten. Der Anführer der Bande verließ sein Fahrzeug und näherte sich dem Lager. Das Oberhaupt setzte sich auch in Bewegung. Sie trafen sich ungefähr in der Mitte zwischen Lager und Geländewagen. Das Oberhaupt hörte dem Bandenchef aufmerksam zu, bevor er sich umdrehte und zum Lager zurückkam. Der Bandenchef kehrte zu seinem Fahrzeug zurück. Wenig später stiegen alle Bandenmitglieder aus und machte es sich im Schatten der Fahrzeuge bequem.

Das Oberhaupt kam auf John und Laura zu.

»Der Anführer hat kein Wort über die Mädchen verloren. Die wissen nicht, dass die Mädchen hier sind«, sagte das Oberhaupt ängstlich.

»Was wollen die denn?«, fragte Laura.

»Die wollen Sie beide. Die wissen von Ihnen von den zwei Terroristen, die Ihre Hütte auf der Suche nach den Mädchen kontrolliert hatten. Die wollen Sie entführen und Lösegeld erpressen. Die rechnen sich eine hohe Lösegeldsumme aus. Der Anführer sagte mir, dass alles ohne Blutvergießen geregelt werden kann, wenn Sie mit erhobenen Händen zu ihm kommen. Er versprach, dass keiner seiner Männer die Frau belästigen wird.«

»Das glauben Sie doch selbst nicht« sagte Laura erregt. »Und was haben Sie ihm gesagt?«

»Es ist üblich bei uns, dass bei schwerwiegenden Entscheidungen die Betroffenen bei einem Glas Tee über die Situation beraten und dann erst entscheiden. Ich habe erreicht, dass ich mit Ihnen so lange sprechen kann, bis Sie einwilligen. Wir haben also ein wenig Zeit.«

»Zeit? Wie viel Zeit?«, fragte John.

»Bis zum nächsten Sonnenaufgang«, sagte das

171

Oberhaupt stolz, als ob er John und Laura eine Hintertür aus der Ausweglosigkeit geöffnet hätte. John wollte mit dem Feuer spielen, eine andere Möglichkeit fand er nicht. Er schritt erhobenen Hauptes aus dem Zelt und steuerte direkt den Geländewagen des Anführers an. Er wusste, dass ihm nichts passieren würde, denn tot wäre er keinen Cent wert. Er blieb dort stehen, wo auch der Bandenchef mit dem Oberhaupt gesprochen hatte. Er brauchte nicht lange zu warten. Das Gespräch war kurz. Der Bandenchef hatte seinen Alternativvorschlag, ihm einen hohen Geldbetrag zu geben, nicht akzeptiert. John hatte ihm den Gedanken unterbreitet, Laura frei in die Hauptstadt gehen zu lassen, um das Lösegeld zu besorgen; er wäre als Geisel da geblieben. Der Bandenchef argwohnte, dass Laura nicht zurückkehren könnte und er dann das Lösegeld für die Frau verloren hätte. John nutzte die Gelegenheit, um festzustellen, wie stark die Bewaffnung der Terroristen ist. Er fragte sich, ob die Bewaffnung seines Gastgebers ausreichen könnte, um der Bande Paroli zu bieten. Die Kernfrage, die er sich nicht beantworten konnte, war, ob das Oberhaupt überhaupt bereit ist, sich der Bande entgegenzusetzen.

Voller Zweifel kehrte John ins Lager zurück und gab das Ergebnis seiner Unterredung mit dem Bandenchef wieder. Das Oberhaupt konnte John schnell klarmachen, dass die Männer im Lager zwar Waffen hatten, aber gegen die automatischen Gewehre der Terroristen keine Chance hätten. Auch Lauras Gedanke, bei voller Dunkelheit das Lager zu verlassen, wurde verworfen. Das Oberhaupt wies darauf hin, dass der Mond jede Flucht aus dem Lager zu Nichte mache und dass aus dem gleichen Grunde keine Hilfe herbeigeholt werden könne. Die Aussichtslosigkeit ließ John und Laura nicht zur Ruhe kommen. Im Lager war alles ruhig, denn das Oberhaupt hatte ja eine Lösung gefunden: Seine Gäste mussten sich der Bande nur ergeben.

John lag auf dem Zeltboden und hatte Laura in die Arme genommen. Die Müdigkeit überfiel beide und sie nickten eng umschlungen ein. Und wieder war das bekannte Geräusch da, das beide aus dem Halbschlaf weckte. John zuckte zusammen. Er mutmaßte, dass die Bande Unterstützung bekommen haben musste, denn die vielen Motorengeräusche, die schnell herannahten, waren satter und gleichmäßiger als die der Geländefahrzeuge. John trat aus dem Zelt, gefolgt von Laura, die sich halb hinter seinem Rücken versteckte. Sie hatte Angst, große Angst, die sie zum Teil paralysierte. Sie trauten ihren Augen nicht. Hinter jedem Geländewagen und zwischen den Wagen hielt ein Rad-Transportpanzer mit Hoheitszeichen. Es war für John und Laura ein abstruses Bild: Das Lager war von den Fahrzeugen der Terroristen eingekreist und diese wiederum in einem weiteren Kreis von einer aus mindestens zehn Radpanzern bestehenden militärischen Einheit. Die Radpanzer hatten alle überrascht, denn sie kamen sehr schnell und unerwartet. Dann hörten sie etwas herannahen. Es war ein geschlossener Jeep. Der Fahrer steuerte den Jeep bis in die Mitte des Lagers. Die Hintertüren öffneten sich. Zwei mit Maschinenpistolen bewaffnete Soldaten stiegen aus, nahmen das Oberhaupt in die Mitte und verschwanden in dessen Zelt. Der Unteroffizier auf dem Beifahrersitz wandte sich an Laura.

»Wie heißen Sie? Bitte geben Sie Ihren vollen Namen an.«
»Ich bin Laura Quandt, Doktor der Medizin, Deutsche«, sagte Laura, erstaunt über die Höflichkeit des fragenden Soldaten.
Auch John war verblüfft, denn die Höflichkeit des Soldaten konnte er nicht einordnen. Der Soldat fragte, ob sie ein Zelt hätten, in dem sie ungestört reden könnten. John führte ihn dorthin.
»Sie werden sicherlich nicht verstehen, was sich hier abspielt«, sagte er und nickte, als er die Bestätigung von John und Laura erhielt. »Ich bin der kommandierende Soldat der Radpanzer-Einheit, die sie da draußen gesehen haben. Aber ich bin nicht in dieser Eigenschaft hier, obwohl ich es sein könnte, denn die Terroristen da draußen zu verhaften, ist auch meine Aufgabe. Aber die interessieren mich nicht, nicht jetzt.«
»Und was interessiert Sie?«, fragte Laura.
»Sie! Meine Männer und ich, wir arbeiten auch für ein Kartell, das seinen Sitz in Marseille hat. Der Kommandeur wird ebenfalls von diesem Kartell bezahlt, und so können wir die Militärfahrzeuge für die Zwecke des Kartells einsetzen. Nun zu Ihnen. Wir wurden von einer zurzeit in BBM operierenden Einheit alarmiert, die wiederum von einer Operationsführerin namens Malika informiert wurde, dass Sie hier sind. Wir sollen helfen, weil Sie in Gefahr sind. Man sagte uns, dass in Ihrer Begleitung ein Mann namens John ist. Ich gehe davon aus, dass Sie dieser John sind«, fragte der Soldat und wandte sich an John.
»Ja, das bin ich.«
»Von den Terroristen da draußen brauchen Sie sich nicht mehr fürchten. Wir werden denen die Waffen und das Geld, das die bei sich haben, ab-

nehmen und - wie soll ich sagen – die Leute nach Hause schicken. Anders sieht es aber mit irgendeiner anderen mir noch unbekannten Gefahr aus. Malika, von der ich eben sprach, war schon auf dem Wege zu Ihnen, um Sie zu beschützen. Sie wurde von einem Mann namens Kat begleitet.
»Was, was ist mit dem Mann namens Kat?«, unterbrach Laura stotternd.
»Alles der Reihe nach. Also, Malika wurde angeschossen und ist tot. Sie sprach nur kurz von diesem Kat, als sie noch vor ihrem Tode eine Teileinheit von uns, mit der sie unterwegs war, anrief. Ich gehe davon aus, dass dieser Kat ebenfalls erschossen wurde. Wir haben auf einer asphaltierten Piste zwei verkohlte Leichen gefunden. Bei der einen konnten wir Sachen finden, die den Schluss zulassen, dass es sich um Malika handelt. Sie lag unter der anderen Leiche und wurde somit nicht vollständig verbrannt. Bei der anderen Leiche konnten wir die Reste eines Reisepasses bergen, der in einem feuerfesten Brustbeutel aus Aramid steckte. Der Name, der noch zu entziffern war, ist - warten Sie mal, ich habe den aufgeschrieben - Dr. Katsumi Sonoda.«

Laura wurde es Schwarz vor den Augen. Sie zitterte und verlor das Gleichgewicht. John setzte sie auf den Boden des Zeltes und gab ihr ein Schluck Wasser zu trinken. Laura bekam einen Wutanfall, gefolgt von einem Heulkrampf. Die Frau des Oberhauptes kam hinein und gab ihr etwas zu trinken. Laura hätte alles getrunken, alles gegessen, alles mit sich machen lassen. Immer wieder plagte sie ihre innere Stimme, sie sei für Kats Tod verantwortlich und habe allein durch ihre unbefriedigte Neugier Kats Tod herbeigeführt. Dann fing Laura an, ihre

Umwelt nicht mehr richtig wahrzunehmen. Die Frau des Oberhauptes hielt sie fest, bis sie einschlief. John ging davon aus, dass sie Laura ein starkes Beruhigungs- oder Schlafmittel gegeben hatte. Er wandte sich an den Soldaten.

»Wer hat denn die beiden erschossen?«

»Das kann ich Ihnen nicht sagen. Die Terroristen können es nicht gewesen sein. Die haben keine Gewehre oder Pistolen mit dem Kaliber, mit dem die Leute erschossen wurden. Das haben wir aufgrund der gefundenen Patronenhülsen feststellen können. Der Mann hatte zwei Kopfschüsse und die Frau einen Bauchschuss. Den Bauchschuss konnte sie ihren Leuten in BBM noch mitteilen.«

»Ich kann mir noch keinen Reim darauf machen, aber die Leute im Lager haben vorgestern zwei Leichen gefunden. Man hatte ihnen die Kleidung abgenommen. Sehen Sie irgendeine Verbindung zu den Ereignissen der letzten Tage?«

»Nein!«, sagte der Soldat. »Aber solange wir nicht genau wissen, was mit Malika und ihrem Begleiter, womöglich dieser Dr. Katsumi Sonoda, passiert ist, sollten wir auf jedes Detail achten. Die Gefahr, von der ich sprach, diese Gefahr ist reell und sollte unsere ganze Aufmerksamkeit genießen.«

Der Soldat verabschiedete sich von John, um die Terroristen abzufertigen. John war unwohl. Er wusste, warum er dem Soldaten nicht erzählt hatte, wer er ist und für wen er arbeitet. John war sich sicher, dass der Manager die Oberen der Organ-Mafia informiert und Anweisung erhalten hatte, die Sache in Ordnung zu bringen. John erinnerte sich, wie schnell der Manager in der Vergangenheit in ähnlichen Situationen auf die „Saubermacher" zurückgegriffen hatte. Diese mit allen Wassern gewaschenen Killer kannten kein Erbarmen und führten ihre Aufträge lautlos und stets erfolgreich aus. Er fragte sich, wer ihm und Laura jetzt noch helfen konnte. John erinnerte sich an seinen Vater, der ihm auf seinem Sterbebett als letzte Weisheit zugeraunt hatte, immer den Anfang zu suchen, wenn das Ende nicht gefunden werden kann. John griff zu seinem Handy und rief Akim an. Im Hintergrund hörte er Laila, die ihm mitteilte, dass die Freisprechanlage eingeschaltet sei. Es war ein langes Gespräch, in dem er Akim und Laila mehrfach warnte. Erst als ein Klingelton darauf hinwies, dass die Batterie seines Handys so gut wie leer war, beendete er das Telefonat. John legte sich zu Laura, umklammerte sie mit seinem Körper und schlief ein.

Der kommandierende Soldat und seine Männer hatten alle Hände voll zu tun, die Terroristen zu entwaffnen und deren Gepäck zu durchsuchen. Er missachtete den Befehl, Terroristen standrechtlich sofort erschießen zu lassen. Als pragmatischer Fatalist hielt er Fügungen des Schicksals für unabänderlich, unausweichlich. Er ging von der durchaus denkbaren Situation aus, dass er diese Männer, die in der Region lebten, in der auch er zu Hause war, eines Tages wiedersehen könnte, nur in dann einer für ihn oder seine Familie unvorteilhaften, weil umgekehrten Situation. Deshalb habe er sich entschieden, den Terroristenanführer und seine Gefolgsleute abziehen zu lassen.

Die Soldaten waren emsig mit der Entwaffnung der Terroristen beschäftigt, die Kinder des Lagers schauten ihnen mit großen Augen dabei zu. Das Oberhaupt und die Leute aus dem Lager mussten die zwei Leichen begraben. Sie marschierten zu einer Begräbnisstelle unweit des Lagers. Nur die Gebrechlichen und Kranken blieben im Lager zurück. Sie saßen vor den Zelten, um ja nichts zu verpassen. Dennoch konnten sie die zwei Imuhagh, die die gleiche Gandura trugen wie die Männer des Lagers, nicht erkennen, so sehr hatten diese ihr Gesicht mit dem Stoffschleier verhüllt. Die zwei Imuhagh bewegten sich leise wie Gazellen im Sand. Sie gingen von Zelt zu Zelt, schauten nur kurz hinein, bis sie zum Zelt von John und Laura kamen. Nachdem die Terroristen mit ihren Fahrzeugen abgezogen waren, begab sich der kommandierende Soldat zu Johns Zelt. Er wollte die weiteren Schritte besprechen. Vor dem Zelt machte er sich bemerkbar, erhielt aber keine Antwort. Er betrat das Zelt und sah John und Laura auf dem Boden liegen, etwas verkrampft und eng umschlungen, mit jeweils zwei Einschusslöchern zwischen den Augen. Im Nachhinein erfuhr er, dass die Leute, die am Begräbnis nicht teilgenommen hatten und im Lager verweilten, den aus dem Zelt kaum hörbaren, dumpfen knallartigen Geräusche keine Beachtung geschenkt hatten. Das einzige, was sie nicht einordnen konnten, waren die zwei Unbekannten, die das Zelt betreten und kurz danach wieder verlassen hatten.

ഗ‍ര

15. Teil

Akim und Laila hatten zwei Matratzen auf die Terrasse gelegt und liebten sich leidenschaftlich und zügellos unter der Nachmittagssonne. Sie nutzten jede Gelegenheit das nachzuholen, was ihnen bislang verwehrt war. Sie ließen sich in ihrem Rausch von nichts stören. Erst das ununterbrochene Klingeln des Telefons brachte ihre intime Spannung zum Erliegen. Akim nahm den Hörer ab. Als Laila mitbekam, dass es John war, stellte sie die Freisprechanlage an. John schilderte ausführlich, was zu seiner und Lauras misslicher Lage geführt hatte. Er empfahl Akim, zusammen mit Laila für die Organ-Mafia endgültig und unauffindbar von der Oberfläche zu verschwinden. John war überzeugt, dass alle, die mit dem Transport der Organe von der Entnahme bis zur Ablieferung des Organs an den transplantierenden Arzt zu tun hatten, beseitigt und von anderen ersetzt werden sollten. John erwähnte zum Schluss, dass der Manager die „Saubermacher" sicherlich schon in Marsch gesetzt habe. Nach dem Gespräch setzten sich Akim und Laila zusammen und berieten, wie sie sich verhalten sollten. Sie kamen zu der Erkenntnis, verschwinden zu müssen, denn die „Saubermacher" würden sie schnell finden und liquidieren, sollten sie vor Ort ausharren. Akim und Laila kannten diese Typen von Erzählungen. Die waren sozusagen die letzte Instanz, mit der man nicht mehr reden oder verhandeln konnte. Akim und Laila kannten auch die Handschrift dieser Männer: Zwei Schüsse zwischen den Augen. Nun ging es für sie darum, diesen Killern zu entkommen.

Am nächsten Tag rief Akim einen potentiellen Käufer an, der ihn in der Vergangenheit immer wieder bekniet hatte, das Weingut an ihn zu verkaufen. Akim hatte ihm einen interessanten Preis genannt, den der geschäftstüchtige Käufer nicht ablehnen konnte. Akim wusste, dass dieser Mann in Südafrika eine Diamantenmine besaß, eine größere Menge an Diamanten vor Ort vorhielt und bereit wäre, den größten Teil der Kaufpreissumme in Diamanten zu bezahlen. Akim wollte die marokkanische Gesetzgebung umgehen, die es nicht ohne weiteres erlaubte, Kapital aus dem Land zu transferieren. Er erkannte für sich aber keine Gefahr, kleine Steinchen außer Landes zu schaffen. Er einigte sich somit sehr schnell mit dem Käufer. Am späten Nachmittag konnte der notarielle Kaufvertrag beurkundet werden. Danach trafen sich Akim und Laila mit einem Freund, der zwei Jahrzehnte Schleifer in einem der beiden großen Amsterdamer Diamantenunternehmen war und alle Feininstrumente besaß, die zur Bestimmung des Wertes einzelner Steine erforderlich waren. Zusammen gingen sie zu dem Käufer und waren über die umfangreichen Sicherheitsvorkehrungen außerhalb und innerhalb des Hauses erstaunt. In einem völlig mit rotem Samt verkleideten Raum im Keller des Hauses stand ein mannshoher Safe, der mit starken Stahlträgern am Boden, an der Wand und an der Decke befestigt war. Vor dem Safe stand ein runder Tisch mit vier Ledersesseln. Der Käufer und seine Gäste nahmen Platz.

»Akim und Laila, schön, dass Sie einen Experten mitgebracht haben. So können wir die Transaktion gleich abschließen«, sagte der Käufer erfreut. »Die Kosten tragen natürlich Sie«, fügte er gleich hinzu. Der ehemalige Schleifer bekam von Akim eine Summe genannt. Dann suchte er so lange auf einem mit schwarzem Samt ausgelegten Brett Steine heraus, bis seiner Meinung nach der Wert der angegebenen Summe erreicht war. Der Käufer stimmte der Auswahl zu. Akim ließ die Steine in ein kleines schwarzes Säckchen gleiten.

Der nächste Vormittag gehörte den administrativen Angelegenheiten, die Akim und Laila noch zu erledigen hatten. Als sie zum Haus zurückgekehrt waren, entledigten sie sich eifrig ihrer Kleidung. Ihr Liebesspiel brachte sie in Extase.

Abends hatten sie die wichtigsten Sachen in zwei Koffer gepackt. Alles andere mussten sie zurücklassen, um keine Spur zu legen, die zu ihnen führen könnte. Um acht Uhr morgens bestiegen sie ein Taxi und fuhren bis nach Rabat. Dort stiegen sie in den Zug nach Tanger. Akim und Laila ließen sich mit einem Taxi zum Hotel El Minzah fahren. Sie belegten ein Zimmer mit Ausblick auf die Straße von Gibraltar und nutzten die hoteleigene Luxuslimousine, um sich zum Yachthafen fahren zu lassen. Akim ließ das Fahrzeug bis zur Mitte des Piers fahren und bat den Chauffeur, auf sie zu warten. Er wusste, dass die Leute auf den Booten das taten, was er wollte. Er wollte, dass die Leute sie beobachten. Sie spazierten an den luxuriösen Yachten vorbei. Laila trug eine ultrakurze, hautenge schwarze Short, eine luftige schwarze Bluse und auffälligen Schmuck. Sie lenkte durch ihre Erscheinung unweigerlich die Aufmerksamkeit aller Yachteigener, die sich auf den Booten herumtummelten, auf sich. Akim lächelte sie ständig an und beobachtete die Leute auf den Yachten. Dann glaubte er gefunden zu haben, wonach er suchte. Sie blieben vor einer Yacht stehen und bestaunten die Aufbauten.

Auf dem Vordeck hielt sich eine dunkelhaarige Frau auf, mittleren Alters. Sie hatte Laila und Akim ohne jegliche Diskretion mit den Augen verfolgt, was Akim nicht entgangen war. Für ihn sah sie aus wie eine moderne Amazone, hübsch, gelenkig und strotzend vor Kraft, wenn auch etwas zu männlich.
»Sie haben ein schönes Boot. Es gefällt mir«, sagte Akim überschwänglich.
»Und Sie haben das Interieur noch nicht gesehen: sechs Schlafplätze und drei Bäder vom Feinsten. Wollen Sie sich das Boot mal ansehen? Kommen Sie an Bord, ich lade sie zu einem Glas Champagner ein«, antwortete die Skipperin.
Akim und Laila nickten sich zu. Akim fand sich bestätigt: Die Frau hatte nur Augen für Laila und zog sie regelrecht mit ihren Blicken aus. Im Laufe des Gesprächs konnte Akim erfahren, dass die Skipperin nur zwei Besatzungsmitglieder brauchte, um die Yacht zu manövrieren. Diese seien zwei junge Mädchen, die besser wären als jeder erfahrene Matrose. Akim erklärte, dass er sich eine Yacht mieten wollte um nach Gibraltar, zu dem Felsen mit den Affen, zu schippern. Er wusste, was die Skipperin sagen würde.
»Sie brauchen keine Yacht zu mieten. Bleiben Sie doch für ein paar Tage an Bord und wir können dann auch Gibraltar ansteuern. Sie würden mir eine große Freude bereiten«, sagte die Skipperin, die sich über Akims prompte Zusage nicht wunderte. Sie konzentrierte sich nur auf Laila.

Drei Stunden später waren sie wieder an Bord, mit ihren zwei Koffern. Die beiden Besatzungsmitglieder waren auf dem Hinterdeck und reparierten eine Winde. Akim war nicht erstaunt, zwei bildhübsche Mädchen zu sehen. Am frühen Abend aßen alle fünf in einem gegenüberliegenden Restaurant. Sie freundeten sich mit den zwei Mädchen an, die in Tanger von klein auf mit ihrem Vater täglich zur See gefahren waren. Der Vater hatte damals als einziger ein Radar auf seinem Schiff und wurde von den Fischern als erstes Schiff losgeschickt, um die Fischschwärme auszumachen. Er verdiente mit dem Lotsen der Fischfangflotte sehr viel Geld. An Bord zurückgekehrt, gab es Champagner ohne Ende. Auch die zwei jungen Mädchen beteiligten sich an der fröhlichen Runde. Als es dunkel wurde, zogen die Mädchen den mobilen Sichtschutz hoch, so dass von außen keiner mehr in das Boot hineinschauen konnte. Die Skipperin legte heiße Tanzmusik auf und die zwei Mädchen tanzten miteinander, für Akim sehr frivol und anmachend. Die dritte Flasche Champagner war leer, als sich die zwei Mädchen das Oberteil auszogen und sich aneinander reibend dem exotischen Rhythmus der Musik hingaben. Dann kamen sie auf Laila zu und zogen sie auf die Tanzpiste. Es dauert nicht lange und Laila tanzte im Bann der Musik. Eines der Mädchen zog ihr das Oberteil aus. Dann nahmen die beiden Mädchen Laila in die Mitte ihrer Körper und fingen an, sie überall zu streicheln.

»Wollen Sie etwas Schönes sehen?«, fragte die Skipperin Akim.

»Ja!« jauchzte Akim, benommen von dem, was er sah. Im ersten Ansatz hatte er sich gefragt, ob er nicht einschreiten sollte. Da aber kein anderer Mann im Spiel war und Laila offensichtlich Gefallen an den erotischen Spielereien gefunden hatte, wollte er es Laila überlassen, wie weit sie sich von den zwei Mädchen verführen lässt.

Die Skipperin gab den Mädchen ein Zeichen. Sie führten Laila tanzend zu einem gepolsterten Sofa.

Als Laila auf dem Sofa lag und sich dem Streicheln der Mädchen hingab, hatte Akim für sich beschlossen, nicht zu intervenieren. Die Mädchen zogen Laila ganz aus und begannen, sie in eine hemmungslose und triebhafte, langanhaltende Wollust zu versetzen.

Am nächsten frühen Morgen, die Sonne war noch nicht aufgegangen, trafen sich die Skipperin, Akim und Laila zum Frühstück auf dem Deck. Es herrschte wieder eine fröhliche Stimmung.
»Das, was ihr mit mir gestern gemacht habt, das war mit mir nicht abgesprochen. Aber ich werde euch jetzt überraschen. Es war so schön, dass ich es wieder erleben möchte, wenn du, Akim, nichts dagegen hast. Diese Zärtlichkeit der Mädchen, das ist unglaublich. Und so oft und so intensiv einen Höhepunkt zu erleben, das habe ich nicht für möglich gehalten. Ich glaube, ich bin immer noch im Lustrausch«, sagte Laila völlig ungeniert.
»Ich würde mich sehr freuen, wenn wir heute zu den Affen schippern könnten. Alles andere wird sich dann zeigen. Einverstanden?«, fragte Akim.
Die Skipperin wollte sich partout das Wohlwollen von Akim erhalten. Sie hatte mit den gestrigen Sexspielen erst eine schonende Stufe durch die Mädchen einlegen lassen und hatte mit Laila noch sehr viel mehr vor.

Akim hatte sich nicht vorgestellt, dass das Ablegen und die Ausfahrt ohne Formalitäten möglich sind. Die Skipperin hatte Laila gebeten, sich gut sichtbar auf das Sonnendeck zu legen. So würden die Behörden annehmen, dass sie nur zu einer Vergnügungsfahrt in die See stechen. Kaum hatten sie die schützende Kaimauer hinter sich gelassen, begann die Yacht im Spiel der Wellen stark zu schaukeln. Die Skipperin gab Weisung, die Yacht zu stabilisieren und zunächst ruhigeres Wasser in Küstennähe anzusteuern. Die zwei Mädchen änderten den Kurs und ließen, als das Boot in ruhigerem Wasser war, die Yacht bei einer vollen 180°-Drehung in Richtung Gibraltar mit voller Kraft über die Wellen gleiten. Die starken Motoren der Yacht übertönten jedes Wort. Ruhigeres Wasser fanden sie erst bei der Einfahrt in den Hafen von Gibraltar wieder. Kaum hatte die Yacht angelegt, kamen die Behörden unaufgefordert an Bord. Sie ließen sich die Reisepässe zeigen und stempelten diese mit einem Einreisevermerk ab. Akim atmete erleichtert auf. Er hatte die erste große Hürde - einen nicht recherchierbaren Reiseweg - genommen. Die Skipperin war sichtlich enttäuscht, als Akim und Laila sich von ihr verabschiedeten. Akim hatte absolut kein schlechtes Gewissen, sie ausgenutzt zu haben. Immerhin - so dachte er - hatte die Skipperin ihre ganz persönliche Beglückung bei dem gestrigen Schauspiel gehabt.

Akim und Laila ließen sich mit einem Taxi zum naheliegenden Flughafen fahren und kauften bei der britischen Fluggesellschaft zwei Flugtickets nach London. Im Airport in London erwarb er bei einer Chartergesellschaft zwei Tickets nach Deutschland. Dort angekommen, rief er von einem Wandtelefon im Flughafengebäude eine Nummer an, die ihm Kat gegeben hatte und die er nur im äußersten Notfall anrufen durfte. Akim atmete auf, als der Teilnehmer sich meldete. Sie verabredeten sich in einem teuren Restaurant in der Innenstadt. Als Akim und Laila das Restaurant mit ihren Koffern betraten, wurden sie vom Personal misstrauisch beäugt und mit einer gewissen Arroganz gefragt, ob sie einen Tisch reserviert hätten. Akim spürte aber auch eine gewisse Vorsicht oder Unsicherheit beim Personal und führte seine Empfindungen auf sein gepflegte und das außergewöhnlich elegante Erscheinungsbild von Laila zurück. Er bat auf Englisch um einen „ruhigen" Tisch und bestellte zwei Cappuccini. Der Ober räusperte sich diskret und meinte Akim in einem ebenso flüssigen Englisch erläutern zu müssen, dass es nicht Cappuccini sondern Cappuccinos heißt. Akim war verärgert über die Belehrung und entschied, das unverschämte Verhalten des Obers aufzugreifen und ein Spiel daraus zu machen. Er räusperte sich seinerseits und schaute dem Ober in die Augen. Er fragte ihn, ob er heute gut drauf wäre und in der Lage sei, logisch zu denken. Der Ober nickte, kaum wahrnehmbar. Akim holte tief Luft und erläuterte dem Ober in einem Satz ohne Komma und Punkt, dass das auf Italienisch genannte Getränk Cappuccino im Singular sprachlich international übernommen worden ist, und was im Singular gilt, auch im Plural gelte, also sprachlich auch das nach der italienischen Rechtschreibung genutzte Plural von Cappuccino; und das sei nun mal Cappuccini. Akim war sich bewusst, dass seine Replik überflüssig war und führte sein Verhalten auf den permanenten Stress der letzten Tage zurück. Der Ober entfernte sich, nachdem er kleinlaut um Entschuldigung gebeten hatte. Akim wandte sich wieder Laila zu und schaute gebannt auf die Tür, die sich nicht öffnete. Dafür klingelte aber das Telefon hinter dem Tresen. Da Akim und Laila die einzigen Gäste waren, richtete der dunkelhäutige Barkeeper am Telefon sofort seinen musternden Blick auf sie. Er sagte etwas, was Akim und Laila aber nicht verstehen konnten. Der Barkeeper legte

auf, kam auf sie lächelnd zu und teilte ihnen mit, dass ihr Gast zehn Minuten später kommen würde, wegen des hohen Verkehrsaufkommens in der Innenstadt. Genau zehn Minuten später öffnete sich die Tür. Ein Mann kam herein, schaute sich um und ging auf Akim und Laila zu.
»Sie müssen Herr und Frau El Abbadi sein. Richtig?« Ohne eine Antwort abzuwarten, fragte der Mann nach dem Namen des gemeinsamen Freundes. Laila hielt ihn im ersten Moment für einen Engländer, so perfekt war seine Aussprache.
»Kat«, sagte Akim. »Dr. Katsumi Sonoda, Mikro- oder Molekularbiologe an einem Institut, dessen Name ich nicht weiß. Er sprach nie von seiner Arbeit«, sagte Akim.
»Nennen Sie mich Sven.« Er gab zuerst Laila, dann Akim die Hand. »Wenn ich Sie am Telefon richtig verstanden habe, dann wollen Sie Ausweispapiere mit anderen Namen gegen Informationen über die Organ-Mafia. Neue Papiere könnten Sie bekommen. Nur dann müssten Sie etwas haben, was als Gegenleistung dienen kann. Ich weiß nicht, ob das, was Sie wissen, für die hiesigen Sicherheitsbehörden von Bedeutung ist. Aber das ist nicht meine Sache. Wenn Sie beide also einverstanden sind, dann bringe ich Sie mit den Leuten zusammen, die Ihnen weiterhelfen könnten. Aber ohne jegliche Garantie meinerseits. Wollen Sie das?«
»Ja!«, sagten Akim und Laila gleichzeitig.
»Sie scheinen ja einer Meinung zu sein«, sagte Sven und lächelte. »Warten Sie hier!« Sven gab ihnen die Hand und verließ das Restaurant.
Eine knappe Stunde später kam ein Mann herein und steuerte gleich auf Akim und Laila zu. Er zeigte seinen Dienstausweis und bat Akim und Laila, ihn zu begleiten. Draußen wartete ein schwarzer

Mercedes mit verdunkelten Fenstern. Akim und Laila stiegen hinten ein, der Beamte auf der Beifahrerseite. Sie hatten den Stadtkern verlassen und fuhren eine halbe Stunde stadtauswärts. Nachdem das Fahrzeug zwei Schlagbäume passiert hatte, fuhren sie in eine Tiefgarage. Akim und Laila verbrachten drei Tage in diesem Gebäude. Ihr Zimmer war sehr komfortabel eingerichtet und sie hatten, wenn sie nicht angehört wurden oder auf Bildschirmen Personen identifizieren und auf Transportwege hinweisen mussten, freien Zugang zu allen offenen Bereichen der Behörde. Am vierten Tag erhielten sie die neuen Papiere. Sie waren Deutsche geworden. Über ihr fremdländisches Aussehen sollten sie sich keine Gedanken machen, sagte ihr Betreuer und zeigte Ihnen im Internet eine Auswahl von Deutschen mit ausländischen Wurzeln.

Am nächsten Morgen saßen sie in der Kantine und frühstückten. Sie wollten sich ein wenig informieren, was in Deutschland gerade aktuell ist und blätterten in einer für sie übergroßen deutschen Tageszeitung. Akim zuckte zusammen. Er rief über das Haustelefon den Betreuer an und bat ihn, in die Kantine zu kommen. Er fragte den fließend Französisch sprechenden Beamten, was in dem Artikel unter dem in großen Buchstaben geschriebenen Namen Dr. Haferkorn stand. Der Beamte erklärte ihnen den Inhalt. Nun wussten sie, dass sie auch hier in Deutschland sicher waren: Die letzte Person, die sie hier im Auftrag der Organ-Mafia hätte identifizieren können, war tot. Zweimal musste der Beamte bestätigen, dass der Chefarzt, dem Akim seit einigen Jahren die Organe übergeben hatte, mit zwei Schüssen zwischen den Augen aufgefunden wurde, als die Polizei ihn zur Vernehmung abholen wollte. Der Beamte lächelte Akim und Laila an und sagte ihnen, dass in genau zwei Tagen alle Verantwortlichen des Krankenhauses in BBM von der örtlichen Polizei und Interpol aufgemischt würden. Dann erzählte der Beamte mit einigem Stolz, dass auch die zwei „Saubermacher" identifiziert werden konnten. Sie hatten Deutschland an einem nicht überwachten Grenzverlauf betreten und unvorsichtigerweise einen Direktflug zurück in die Heimat gebucht. Mangels eines Einreisestempels hatten sie bei der Ausreise die Aufmerksamkeit der Behörden auf sich gelenkt.

»Was werden Sie jetzt machen?«, fragte der Beamte.

»Wir werden uns mit Wasser beschäftigen.«

»Mit Wasser?«

»Ja! Wissen Sie, der Zugang zu Wasser ist ein universelles Recht, ein Menschenrecht. Ich habe in den französischen Nachrichten gehört, dass die Europäische Union nun auch daran denkt, dieses Recht durch eine Konzessionsrichtlinie zu privatisieren. Wasser war bislang ein Allgemeingut, nun wird es wohl zur Spekulationsware. Und an dieser Spekulation werden wir uns beteiligen, wie viele andere Glücksritter auch.«

»Ich wünsche Ihnen alles Gute und viel Erfolg bei Ihren Börsenaktivitäten«, sagte der Beamte und verabschiedete sich.

Akim atmete auf, als er mit Laila wieder im Zimmer war und die Koffer packte.

»Laila, eine Frage habe ich aber noch, bevor wir endgültig ein neues Leben beginnen und kein Wort mehr über unsere Vergangenheit verlieren. Warum hast du dich auf der Yacht diesem Exzess hingegeben?«

»Weil ich es wollte!«

Glossar

Bambara: Verkehrssprache hauptsächlich in Mali und Westafrika.

Bambara: ethnische Bevölkerungsgruppe in Mali, landwirtschaftlich orientiert.

BBM: Bordj Badji Mokhtar, kleine Stadt im äußersten Süden von Algerien, nähe der Staatsgrenze zu Mali.

Budō: Oberbegriff für alle asiatischen, vorwiegend japanischen Kampfkünste.

Gibraltar: Felsen an der Meerenge Europa/Afrika unter britischer Souveränität.

GPS/GSM: Peilsender/mobiles Funktelefonsystem.

Hummer H2: US-amerikanisches SUV.

Maghreb: eng genommen: Marokko, Algerien, Tunesien; heute werden teils auch noch Libyen und Mauretanien dazugezählt.

Salafisten: ultraradikale islamische Strömung

Interessante Links

http://german.irib.ir/nachrichten/nahost/item/98027-israelische-organ-schmugglerbande-festgenommen

http://derhonigmannsagt.wordpress.com/tag/organhandel/

http://www.dw.de/weltweiter-organhandel-boomt/a-16133896

http://www.kompetenz-interkulturell.de/userfiles/Grundsatzartikel/Interreligioeser_Dialog.pdf

http://www.verfassungsschutz.de/download/SHOW/broschuere_1204_salafistische_bestrebungen.pdf

http://www.verfassungsschutz.de/de/arbeitsfelder/af-islamismus-und-islamistischer-terrorismus/aussteigerprogramm-islamismus/hatif-de.html